问荆

君子爱莲 ◎ 著

光明日报出版社

图书在版编目（CIP）数据

问荆 / 君子爱莲著 . -- 北京：光明日报出版社，2023.12

（青青子衿 / 唐杰主编）

ISBN 978-7-5194-7684-7

Ⅰ . ①问… Ⅱ . ①君… Ⅲ . ①诗集－中国－当代 Ⅳ . ① I227

中国国家版本馆 CIP 数据核字 (2024) 第 013342 号

目 录 / CONTENTS

第一辑 渡（2006—2011）

世界冷若冰霜，我必须热血沸腾

雨中卖报的老妪	002
现在，走得很慢	003
像鱼一样美下去	004
黑乎乎	005
生活（一）	006
生活（二）	007
一个人的旅程	008
自尊或者自卑	009
维江路上的倒春寒	010
新华字典	011

咳嗽	012
输液记	013
想儿子时	015
冬日短歌	016
我可以哭，但不出声	018
一个人读诗	019
我该怎么描述你	020
从田野上空飞驰而过	022
争渡	023
怎么一个人呢?	024
迷惘	025
冬日维江路	026
一个人读书	027
旧时光	028
一小块阴影	029
麻雀在天亮前飞过	030
三八妇女节的下午	031
火车站外的广场上	032
九月的面具	033
红色小肉虫	034
更远处	035
婚姻	036
徘徊者	037
在路上	038
在江边遥望对岸	039

我更喜欢草木的心　　　　　　040
归途　　　　　　　　　　　　041
没有哪片叶不落下来　　　　　042
沙田柚　　　　　　　　　　　043
千野草场　　　　　　　　　　044
青砖生活（四首）　　　　　　045

第二辑　补（2012—2018）

> 只要一点点清水，就卖命地绿

药事　　　　　　　　　　　　048
抄经或临帖　　　　　　　　　049
我剪掉了自己的长发　　　　　050
经过古镇一扇开满鲜花的窗户　051
在别处　　　　　　　　　　　052
短暂的旅途　　　　　　　　　053
这个时候在山间行走　　　　　054
一份精美的小礼品　　　　　　056
枇杷膏　　　　　　　　　　　057
黑狗　　　　　　　　　　　　058
喊　　　　　　　　　　　　　059
柠檬的提醒　　　　　　　　　060
代表作　　　　　　　　　　　061

一些花开	062
奶茶	063
候车	064
刮痧	065
愿望	066
维江路99号	067
垫江牡丹花	068
背影	069
丁酉夏,在"艺术板眼"门前喝茶吹风	070
长寿古镇	072
题小丰洞摩崖石刻	074
阳光照在龙溪河上	076
菩提圣灯	078
在长寿北站	079
古今花海笔记	081
马武镇农耕文化展览馆	082
问荆	083
查家湾	084
相遇二则	085
冒水(两首)	086
黄昏里的一部电影	087

第三辑 给（2019—2022）

无条件的幸福才是真幸福

整个江南都给你了	090
茶事	091
致那些消失的事物	092
漫步桃花溪	093
康复科	095
雀啄	096
大白塔下	097
无题	098
关系	099
黄昏时	100
最好的时候	101
月亮	102
为一群鱼欢欣	103
好像我们都睡着了	104
在步道上出神	105
柠檬黄的浅唱低吟	107
奇妙的循环	109
囤梦的黎明	110
写出桃花千万朵	111

以桃花命名的地方	112
桃花溪所遇圆圈	114
桃花树下	115
窗口上眺望桃花溪落日	116
走哪条路	118
到这里开花结果	119
纳豆	120
清晨的树林是一种信仰	121
假如一棵树为你指错了方向	122
自然的安排	123
今日立秋	124
生死书	125
为何她百看不厌	126
八月的旅行	127
它们不像我	129
幽静的平台	130
没有一棵是安分之树	131
这还不够	132

第四辑　解（系列诗）

　　灵魂的酣醉，必须静寂无声

| 人生若只如初见 | 134 |

我只是千山万壑禅意的一瞥　　140

在慈云寺　　146

远芳（组诗）　　149

词解东林寺（组诗）　　153

渝怀随想（组诗）　　159

雨水辞（五首）　　162

2018年"无话可说"里的日常　　164

再见三月　　169

极短诗选　　173

第一辑　渡（2006—2011）

> 我若是冷空气，必被雨携来
> 我若是迟到的秋雨，也必是这样拼命地活着
> 所有寒凉的极限处都自备一个
> 忘我的微醺：
> 世界冷若冰霜，我必须热血沸腾
>
> ——《生活（一）》

雨中卖报的老妪

裹一张半透明塑料布,小板凳
收容她的蜷缩、冷战以及怀中紧紧
抱护的一叠报纸

我已成年,她却没变
还是原来那么老,从小学门口的
麻糖、薄脆和爆米花,到现在的报纸
关于生活,不用再解释什么

时间,在满脸沟壑里走失
头发,白到一定程度
就再也找不到岁月变迁的痕迹了

而春雨,仿佛只想从她那里
敲诈点什么,眉眼湿了,也极力
撑开一条缝,看尘世

"买今天的重庆时报"
颤颤巍巍的声音,远不如三十年前
那么洪亮有力,热情洋溢

2006-6-12

现在,走得很慢

有些时光,赶不上我手
——指的速度。梦,永远追不上的晨风里
清新,薄如蝉翼。因为稀有,长江边上的
唐家岩不断调整峥嵘的频率

江水缓缓。我的心思
时快,时慢
移民村里的晨曦,飞鸟惊落夜露,油菜花田
摇曳追随的几声犬吠

我们一起去创作的一首田园诗里
还有岩下那一片,让我写出惊喜的野菜
在开花。学习顺从,向命运低头
玉米一样晶莹,健康快乐,没什么不好

时间的树林沙沙,不时有鸟飞出,有树叶
悠悠飘落,我们各自行走
不妨事的——都很慢,很落后

2006-8-20

像鱼一样美下去

远山沉默着,因为秋阳喋喋不休
村庄前的溪流小心谨慎,低调前行。它怕
一不小心,就丢失了内心
多年的积蓄

春天的蜜蜂早已醉死在菊花岭
野菊花不在,螳螂还清醒
踩过石墩老桥,奔跑的稻穗最终逃出了
那块稻田,不想却又羊入虎口

一切再不像老祖宗安排好的样子
季节与错愕的天气,把我们弄得糊里糊涂
深井渐干,不如停止思考
不问究竟,去水边

分开一丛芦苇,像鱼一样
潜下去,像鱼一样美下去。在水的世界里
我可以醒来,并从容地想起今天
——裂口的今天

2006-8-21

黑乎乎

走在如织的人群
冷不防
伸出一只黑乎乎的小手
我试图从稚嫩的脏中找出哪怕是一丁点
慌张的白。但我错了

生死可相依,苦乐可相伴。黑与白
在一起
不过是阴悒的灰

2006-10-11

生活（一）

冬天，没有想象的
那么萧瑟。街上，仍有那么多的人
挤着，避让着，互相匆匆路过。这么多年
我不知你的消息
你亦不知我的悲喜

像虫子，忍耐、顺从
守着自己的小天地，任凭窗外，风吹雨打
冷空气再次袭来，寒风四起，谁又能
拒签命运快递的黄叶

我若是冷空气，必被雨携来
我若是迟到的秋雨，也必是这样拼命地活着
所有寒凉的极限处都自备一个
忘我的微醺：
世界冷若冰霜，我必须热血沸腾

2006-11-14
2010-12-31 改

生活（二）

降温了，迟来的秋雨
终于做出惊人之举

重返人间，翡翠
带我，陷进小天地
种小葱，买碗碟，多年不读《诗经》

微开的南窗前，小心翼翼
交谈。那叶的缰绳
时时，耳提面命

外出的人，长出翅膀
流淌的我坚持，盘扣对襟长衫
粗布的表达

2006-11-14
2016-9-6 改

一个人的旅程

夜雨悄悄
上铺、中铺和下铺,鼾声随列车
摇晃。我轻轻悄悄地起来
借着夜灯——离地很近的微光
走向,另一节车厢

窗外,漆黑
我的脸努力贴紧车窗玻璃
仍然无法看见——外面的世界
不知道列车行驶到了哪里
过了几个省,几个市,几条河,几座山……

两节车厢交接处,陌生人的
香烟,弥漫着辛辣的味道
停止了睡眠,停止了车轮
去站台透透气
这即将成为过去的站台,是离灵魂
最近的地方。深夜里
也有人下车,上车
我们,不露痕迹地……活着

2006-11-24
2010-12-31 改

自尊或者自卑

我跌倒在雪地上仿佛被剔掉了骨骼
新鲜的雪是软绵绵的,摔上去
连痛的感觉都没有。有人只顾招手
远远地,哈哈哈得意地笑

咬咬牙,将裸露的双手伸向雪地
我在试探这个冬天的态度
我在支撑一个死去的季节

我终于拔出了陷在雪中的膝盖
我以为自己站起来了,没想到
在无人抵达的空旷和哀伤里
仍然,印着我新鲜的跪姿

2006-12-30

维江路上的倒春寒

你先告辞　只为一个人走进夜色
开春以后　风　还是这么冷

晴或雨　都是春天的自饮自斟
冷空气　湿空气　都是干净的空气

你观看　仍是萧瑟冬景般的街道
领悟空无之于自然　落叶善让

而返青与拔节的事物又很容易冻伤
像突然来临的　刺眼灯光与尖麦芒的喇叭

生命的容器　有时很大　有时也很小
但惊扰　独属一人　路上唯一的你

老黄桷树仍以惊人的速度生长理想　抱负
一代接一代　开花结果　在此扎根的信仰

当你走成一个背影时　才看到
孤独　是加压泵房外　吃力的上坡路

在所剩无几的故土　喘息不该是最美的天籁

2007-3-6

新华字典

一本蓝皮的小字典
常放在电脑桌的右边,以便能
随时查找
随时学习

越查,不认识的字仿佛越多
后来我发现自己所有的文化加起来
似乎也没超过
这本巴掌大的小字典

而买它时,我只花了
一元四角五分钱

2007-3-29

咳嗽

喉咙痒痒的
我想说什么,但什么都无法说
痒,是别人的梦在我身体内的
坐立不安

阳光下的
微弱之物被我攥出老远
谁长于清火,谁长于温中,弃乱从容
谁拿到了甘草的出生证明。名满天下

长长的梦,不过是被迫流放的命运
江山如画,我暂停了无用的喋喋不休
我们一起流浪,一起:
一天、两天……一声、两声

三顾茅庐
让大难不死的声带,享受守口如瓶
——胜利的狂欢

2007-5-16

输液记

都是一群生病的人：欲望
穿孔发烧的人；被生活琐碎割破感染的人
想把多年的委屈、失意、悲伤全部
咳出来的人

哦！我跟那个小男孩一样
游泳池里的蔚蓝，令孤独浮肿，淋巴结
风云突变

左手千疮百孔，就用右手
海浪轻拍，橡皮管紧紧勒住一些尖叫
相同的瞬间里，藏着同样的风雪
幼童，慌不择路

八百万单位青霉素
五百毫升氯化钠
碧海泛舟，岁月似乎再无风浪。人们开始

恭迎各自的春天，互不交谈
不管是墙上落英缤纷，还是滴管里的抑扬顿挫
眼前，仿佛一望无际

外面的世界如此温暖，即使黄昏

问荆

将临。有人逐日而去,亦有新来者默坐岸边
人生就是不断地迎来送往

活着,多么有意思!
所有的电闪雷鸣、血雨腥风
只用一个洁白的棉花球,就覆盖了

2007-8-25
2020-5-16 改

想儿子时

喉咙痛得要死,却还想在疼痛的
另一边
大声地喊

喊,是给自己雪中送炭。劳生有限
喊出多么想你,似乎便不虚此行
记忆撞倒
日常打翻

没有星星和月亮的暗夜,天空
——一贫如洗
我写下这些想你的字句,假装今晚
皓月当空

2007-10-9

冬日短歌

1
操纵我,也没有关系
一切照旧:多年不变、定时响起的广播,冷空气
下班的山路,不方不圆的小镇,我们
列着队,开往寂静

多年不变

2
雪遇见了雨,石头让水面破涕
祈愿生活里没有但是

但是我为什么欣喜:
雨夹着雪,雪消失在雨中

3
不再垂涎,一只火炉的小资生活
我读到的燃烧,除了翻山越岭以外,便是
产卵育雏,读书赶考

4
雨水并不能改变十二月凛冽的风向
内心的战栗止步于光阴
在生活的花盆里，埋下又一粒
种子

期待春天
落子无悔

5
山坳皆慰藉

随醉醺醺的修路砬石声
爬上山顶。站在罕有人烟的十二月
看风，灌溉宁静的乡村

火车消失在幽深的隧道口
迷茫中离家，多年后归来的一个人，带回
一座山峰，不为人知的呐喊

2007-11-21

我可以哭,但不出声

或许早已觉察。从离开观音岩的
那一刻,便踏上了,漫长的告别之路

不知溪流什么时候涨潮,火山什么时候爆发
现实生活的烛火寻找自己,而最终
一无所获

命运,我认识它却又不容回避

与水相关的事物都自带忧伤的气质
像举目无亲的脸庞,种不出故乡的花朵
像我,可以哭,但不出声

其实一生只是在
通过一条路,像通过眼睛扒窃人间的雨水
它带走不明籍贯的鱼群

想家就是想家。看不到尽头的路上
想的本质
——就是将家随身携带

2007-12-7

一个人读诗

我不需要其他更多
有阳光,树林,桃花溪,有凭窗的
远望

天晴了好,下雨也没什么
沙发生长芦苇,书榻如同草地
——风有寄

孤身一人时,我这样安置自己
随机抽取的江湖,仗剑吹箫,日子
很有奔头的样子

如果没有这些文字,这个下午是
同样的下午,我们是被生活搅扰的
同样的人

2008-2-9
2018 改

我该怎么描述你

我该怎么描述你
匆忙的一日,颠覆于春雨泥泞之中

等待中,火车驶进了沙溪站
来自南方的空气,蕴含亚热带的季风
我们得花一些时间适应,闷热、嘈杂及生活的
各种旋涡

一只小手,被我紧紧拽着
穿过12号车厢,种满肉身的丛林
穿过方言混杂的龙头寺,繁华的观音桥商圈

在印刷体的城市,在通往真善美的道路上
以一身行草交换开蒙的楷书,以蓬头垢面的粗糙
剽窃,一幅中国画的
朴素之美

那被压弯的像蚂蚁驮走的勇敢
那丝连的皱擦点染像坏天气的尾声。立交桥头
一枝独自奔向春天的桃花,让人抒情
让我更像一个诗人

路,还有那么远啊

我们心甘情愿把自己折叠起来
塞进行李背包，塞进梦幻的星期天

多么幸运！
路毁灭着我又拯救了我

2008-3-11

从田野上空飞驰而过

暴雨中,我从田野的上空飞驰而过
我不会走到路的尽头
前方,有一个小站可以停下来
允许我哭泣

雨,裂帛般。从昨夜至今晨
这巨大的倾泻,淹没了我无用的眼
淹没了我不断缩小,几乎消失殆尽的呼唤
火车冲出隧洞,窗外绿浪翻滚

田地里看不到一个举锄的农人
暴涨的河水,浑浊昏黄
俯身的一刹那,那棵溺水的小树
正向我挥手求救

来不及做出任何反应
小树,消失在不知名的旷野
我,消失在湮雨苍茫的黄昏

2008-6-15

争渡

火车，徐徐进站
紧张空气的弦早已拉开

无论你看到什么
靶心只有一个：一辆中转的中巴车
只有它能助你，穿越沙溪火车站外的
百废待兴

年少时的田径功底
有些不够用。但支付了喘息和血脉偾张后
我仍是窗前窃喜观战的胜出者

溅满泥水的车窗模糊了雨中
奔跑的身影。不分晴雨，男女老少，大包小包
人人都在为无法挣脱的竞赛和命运努力
去完成真正意义的出站

没有多余选项
……我满意于自己，经年累月的奔跑
那么完美，简直不像一个女人

2008-6-16

怎么一个人呢?

小镇街头,清冷,但也有
喇叭声、人声
断续。我的目,偶然点燃你的目

仿佛短信,被舌头派送出去
我盖上了"你好"的邮戳
你盖上——"怎么一个人呢?"

是啊,怎么一个人呢?我从未
把它当作一个问题去思考。已习惯
一个人风里来雨里去
随轮船、汽车、火车奔波,无人接送
要提前尝试着……接受孤独

因为孤独想做的一切就是让我们孤独

2008-6-27

迷惘

我找不到北
事实上,我也找不到西,找不到东和南
惯用前后左右,不辨东西南北

找不到重庆朝天门的门
找不到所居的观音岩的岩
找不到菜园坝的菜园
找不到火车的火

找不到田野的野
找不到沙溪的溪,查家湾的湾
找不到小镇中君子爱莲的池塘
但我相信,它们都存在于天地间

找不到我孤注一掷的万水千山
找不到另一朵开花的莲
是我没有超能力,也无法避开命运的雷达
找不找得到,我都将

继续流浪,在你直辖的城市

2008-6-29

冬日维江路

今天有少见的蓝天白云
和阳光,于是将不安于被困的身心安放
在维江路上
维江路……可以一直通到长江

十二月的风,还随身带着刀子
但它只能划伤有形的枝叶,割不破一个人的
极目远眺

正午的天地空阔,阳光体贴
漫无目的行走,与两排繁盛的小叶榕树一起
安心做太阳的卧底。似乎日子这样缓缓
经由阳光的通道,就可进入春天

这只有我一个人的时刻,仿佛证明
维江路除了满载的运煤车,还有微不足道的我
冬天就要走到尽头,我也停下了脚步
在江边,静静地站立
仿佛孤独,正慢慢枯萎

2008-12-26

一个人读书

桌上的多肉
没有肉,多像肉的植物
多像我需要的蛋白质,脂肪,维生素

多像驿站,你的,我的
汹涌的,缄默的美德

雨和时间,同时伸展双臂
因为,夏天不应该有这样沉闷的阴云

下雨了,纸上的大地
深不可测

这一躬身,比核桃还补呢

2008

旧时光

一个词可能连累一首诗

香水兰、茉莉、金银花、石榴
养在窗台上的——普通植物,控干水分
都是治病的良药

鸟儿常来,我也常往。我们
都值得在窗台的花丛与窗外的小叶榕树间
——抒情。能结果就结,能飞就飞
你吃我的果实,我借用你的翅膀

我们挨得那么近,像连词
因为……所以,不但……而且,你的人生也是我的
而我是我的错觉。一个常常故意醒着的人
像毫不相干的局外人
单枪匹马——绕过余生的枝叶
逃之夭夭。剩下枝梢上,孤独的微晃

我竟有一点迷路了,在自己的窗前

2009-2-5

一小块阴影

榕树下。一只鸽子
踱着小方步,接近了你
它轻轻啄向你,什么都没得到

它不相信
又啄了两下,仿佛是为啄而啄
生活没有给它渴望的东西,也没有回应
鸽子,掉头飞走了
你仍旧像是寂静的一块路标

你,还在那里
还在我眼里
只有安于一隅的我俩不懂得及时掉头

2009-3-12

麻雀在天亮前飞过

成群的麻雀在天亮前飞过
它们尖细的嗓音,密密麻麻,扎破了梦
我仓皇翻身。哦!还早,五点半的
石头,也是珍珠
长长舒一口气,继续轻拥薄被

又一群麻雀飞过,终于
有人忍不住开窗驱赶了,麻雀们惊得一哄而散
躲到远一点的树丛,隐隐地啁啾
还透着慌张
想不到
我们活得不知所措的样子
竟如出一辙

2009-3-18

三八妇女节的下午

独自留下来
值守空荡。一整栋办公楼
像悬在半空的死胡同。半天假期
是一张限时消费券,我将它放在离我
最远的地方
将寂静放在离我最近的地方

留下来,并非心血来潮
我想试一试,将所有人提前关门后留下的孤独
一一安慰。能与它们相处的都是有福之人
没有什么比与它们交流更让我快乐

无人关注,时钟有没有失落
饮水机一串叹息,匆匆叠在桌旁的文件
茶杯上默然的水渍,风的细浪拍打未关严的窗缝
哦!谁在哭?不哭不哭
有我呢。挺好哄的

其实,他们的孤独还太不像孤独

2009-3-28

火车站外的广场上

暂时不能进入候车厅的人
席地而坐,有的干脆蜷缩着睡在地上
不管什么季节,丛草因暂时的发芽
而收获渴望

城市肺叶里的鸢尾花
倦而无不安
驮着行李的溜达,消磨了无新意的
等待。我们等待不同的车次

去往不同的地方
不确定我们是否有同样的乡愁
但此刻,我们有着同样的
疲惫和潦草。这些年

从没像他们一样,从容随意地
坐在地上
仿佛我在抑制什么

2009-4-25

九月的面具

仍是 38℃高温
没有行人,也没有人坐在楼下
聊天、打麻将,连鸟儿都停止寻花问柳

世界,静得不存在似的
铺开纸,勾画一幅三星堆青铜
——面具
其实我还有勾勒命运,旅途,披沥一心的愿望

正午的描摹
寂静是遂心的天籁,谜底,人所共知
世人不知的我亦无从知晓
任何时代都祈祷美好的繁荣鼎盛

无人能戴,连着人与神,六畜兴旺,盈车嘉穗的
面具,我们不再需要
驱鬼逐疫的巫术,我们不再需要
但我相信:在迭经困顿之后

说真话的孤独是每个人都需要的一次傩祭

2009-9-5

红色小肉虫

临水洗濯,小白菜
与一串尖叫劈开水流,那些突然来临的事物
惧怕的事物

或许就是这样小小弱弱,不起眼的
蠕动的火星,引燃我,不断加码的水的闪电
我的暴虐与没来由的害怕
一样荒谬

有时,我所忙碌、在意的一切
并不曾
令我更美好。相反

所有流经我手的水
都是刀子。在心里向它致歉时
我明白,因为早早忙于应付生活,柔软之心
——已失

眼前:我比平时更快送出一个大海的怒吼
但很公平地,也收到了它
回馈的
另一个大海

2009—9—5

更远处

看着火车减速、进站,它带走许多
而潮水,仍一轮轮涌动

我从没追着心爱的列车奔跑过
没有向车窗口,传递一些遗漏之物
总是,独自等候。静立于
远处,更远处

在不属于自己的领土上,学会缄默
上车、下车。顺着两条铁轨
靠近它。孤独
——让我前所未有地安全

仿佛一点瑕疵都没有

2009-9-6

婚姻

你敲门。客套。寒暄。我们相对落座
互相看不清对方的脸庞

我的茶杯并未缓解你的局促、无措
几个生活的细节
出自天性深处的敏感

一盏灯灭了
疑虑又能看见什么？未来不可知
而蝴蝶，让一朵貌不惊人的花，拥有了
完整的骄傲，也不过是虚妄

我能说什么呢？可能的浪花扑向虚无
在假如的眼睛里
它几乎就是真相

2009-10-19
2020-5-21 改

徘徊者

还要等多久
一辆又一辆车滑下来,一盏又一盏灯
冷冷地越过
不再属于——这里
不可接近的陌生,将我推开
多久,才攒足了这份回来的勇气
而光阴早将一些熟识的事物,变得高不可攀
我在心里说:再见
失去的,又何止是一座城市
我已能坦然接受命运的任何一次安排
十二月的风,就该这么冷
星星都到哪里去了,光秃秃的树干
沉默着,孤独着……
今夜,它再也不能,为我
抵挡什么

2009-12-8

在路上

就爱。一个人
下班……独自走着回去
道路蜿蜒向上，行道树的一段是小叶榕
另一段是黄桷树。这些年，它们越发
高大慷慨，很少收起茂盛的树荫
眼前已呈冬日景象，环顾四野
想找到一些
可爱而又有趣的事物
重新拼凑，对这个世界的认知
低沉的天空下，我的灵魂
代替麻雀们飞翔，偶尔宠幸一下——江对岸
朦胧起伏的群山
不知从何时起，坎下的坡地生满了杂草
仿佛新搬来的佃户，它们敏感，自卑
没有好的家世
教唆我，丢弃信仰，纠缠于柴米
和它们一样……见缝插针，静静地偷生

2009-12-9

在江边遥望对岸

青山,一点点被铲平
江中心的信号灯
弱小而孤独,随江水,不厌其烦地起伏
永远不靠岸

再也不能在春暖花开时
踏上对岸——种满烟囱的江南,我的目光
和三月的风筝
都失去翱翔的天空

风,一次次折回来,带走回眸的
长吁短叹
江面,仍宽阔而平静

不用设想什么,期待什么,眷恋什么
那并不曾,真正属于我的河滩、千佛老街
我只是对岸风景的一个过客
怀旧的……片段

2009-12-9

我更喜欢草木的心

我喜欢的晶莹,会彩虹的分身术
每一年,我都会回到老地方

维园后面的山坡上,去听那一片
金黄的野油菜花吟诵

所有想开就开、开到不愿再开的灵魂
都是靠沉默重生

用真心听懂它们飞行的心愿
做命运里必须的事。如群鸟翱翔

山中的万物
我更喜欢草木的心,重返枝头的
旅行,是我们回不去的青春

——葱茏盎然,没有不毛之地

2010-3-31

归途

在黄昏的十字路口下车
我、拖箱、背包、手提袋
一点都不像
荒凉的岛屿

冷清的街头,频频伸长脖子
黄色出租车杳无踪影
火车无座,中巴无座,如果老天公平
——下一段
会赐我一个舒适了吧

一首疲惫之歌,我听了许久。交接的
时光中,一辆黑色轿车飞驰
溅起雨后的积水
赶紧向后退了一步

再退一步
——直到,向浑浊,关上心扉

2010-9-19

没有哪片叶不落下来

又一片叶子，枯黄
愚笨，让我选择一篮漂亮的花
代替我的嘴

怎么做好一棵无叶的树
我没有答案，也没有好方法
"……游戏规则
从来无人完全解释清楚，疼痛和重量的法则"[1]

我们都有被命运切割的部分
与生俱来的枝叶被拿走，一样害怕空
总想抓住点什么

但没有哪片叶不落下来
落就落吧，秋天的银杏叶，似锦繁花
有土有根、四面楚歌的病房也有春天

我们
——相视一笑：真刀真枪
纵然千疮百孔，我们的人生没有水分

2010-9-20

---

[1] 阿米玄语。

沙田柚

一剂偏方。在炭火中
踏上救赎之路:
旧布包裹着,塞进身体需要改进的部位

热气如犁,翻耕一块瘠薄之田
我们在人间
交换冷暖,互为知己

当心跳带上炭火焙烧的芬芳
仿佛就忘了,我们身上如同孪生的
——伤痛

我期待的春天,令你甘甜的汁肉
得不到赞美。人生就像这样充满许多的
可能,许多的际遇。如我

不曾预想的独旅异乡
煅烧之后,或许也是另一道人间美味

2010 初稿
2022 改定

千野草场

另一种辽阔。绿,随山势起伏
石头、牛羊、野花
点缀其中

我用相机表达爱
用两张备用内存卡,表达
——爱有多深

孩子们奉上另一种:青草之爱
羊羔惶恐,扭头躲闪后退
项上绳索一圈一圈交错缠绕树干
直到厄运封喉

动弹不得时,他们伸手摸它们的头
喜爱,仅仅是喜爱
谁有能力,给予绝命以安慰

大风从天上吹来,千野草场
——没有奇迹发生

2011-8-5

青砖生活（四首）

2006：哪儿都痛

开始数九了。先是右胸痛，接着是左腹痛
世态炎凉，尝了尝，她的头和胃也开始痛了

她容忍这些野孩子，让他们聚拢到她身上
她已习惯被那些不知轻重的小拳头敲打。他们离开
还顺手拽走，一两个活蹦乱跳的日子。她也原谅

"这些都是小伤口"[1]，是她没有完成的一部作品
所以，如果君子爱莲流泪，一定是她不想你知道
——她的右肩，也有职业原装的痛

2007：5月25日的早餐

实在的雨折腾了一夜，闹钟没响就醒来了
有好多人来过，乱七八糟的时间、地点、人物
都做了些什么？算了，一肚子的饥饿乱窜

生火做饭，不系围裙，我会洁身自好

---

[1] 弗里达语。

麦片、芝麻、核桃、鸡蛋和牛奶,这快乐的一家子
统统都要跌入实用主义的陷阱,再加上
红彤彤的生番茄,够得上两份爱情的营养了

没有人为我加油,小口小口吹熄晨曦,铺开报纸
摁响电视,漫不经心平息了人生中又一场暴乱
5月25日,将军,雄风犹在

2008:风把街道吹得干干净净

黄昏,阳光重又跻身街头,不得不撑开伞遮挡
其实身体溢满了水,溢满了药片。生死之间
痛也是一种复活,病只是病。下车,弯腰,蹲地上
绿色空心菜汹涌,红番茄从胸前滚过
黄澄澄的玉米扎着堆儿。风把街道吹得干干净净
——我们,回家吧

2012:冲菜

到山坡上采了许多野油菜,洗净焯水裹盐发酵
次日清晨,加姜末辣椒爆炒,盛入便当盒
午餐时,同事们都很喜欢冲菜那芥末般冲鼻的辛辣味
他们嘱咐:"明日,再多带些来"
"做得再冲一点""再冲一点"
似乎每个人,都渴望着一段热泪盈眶的生活

第二辑 补（2012—2018）

世间所有的来来去去都是天意的
——潜台词。我们在此，十数载
低头做事，抬头望天

我们有着生命的默契：
只要一点点清水，就卖命地绿

——《问荆》

药事

咕嘟咕嘟咕嘟。多么好!
——我们有稻草

不让日暮苍山留遗憾的魔力
源自花丛、草地、森林、鸟群,甚至是
日月星辰,风云雨雾

自然的一切,皆是配伍之药
苦,亦能治苦
但人间名贵的胶囊无效

自渡者,以茯苓与车前子
黑白两道仙术,为自己配一服风和日丽
身体需要什么,什么就是灵丹妙药

取悦自身的幻想,像太阳一样
准时,我只是在用另一种方式学习借苦修甜
笨拙又小心地医治一个人的百年孤独

每一个破口都要补上
每一个补丁都是生命的悲欣交集

2012-1-5

抄经或临帖

秋天的云,随时飘散
应该停下来,停在繁体的汉字里
看形意怎样为我们打磨庸常

诞生有诞生的意义,一条河
把波澜留给心怀希望的人,由上而下
明月的镇纸
压得住人间的苦闷与倦意

上卷、中卷、下卷。爬山,避险
多年积攒的雨水
新疾旧病,都回到寂静里

黄昏里的所有事物都像夕阳
一样美。书写生命的小欢喜,夕阳被临进大地
昏沉被更大的时空消融,荷香远溢
白纸深处
你我皆为假设
万物皆为假设

2012-3-9

我剪掉了自己的长发

不得不剃除。熬过夜的
——诗歌。爱。忘了时间的等待
我们肯定

刻骨铭心过,也面红耳赤过
低头弯腰,呼吸似乎永远

在取悦的途中。天生的那片羽毛,甚好
但微卷的光,难得顺遂之路

无人鼓掌,仍要独自远行
奔波半生的我知道,除了孤独

没有什么能让我如此闪亮

2012-10-17

经过古镇一扇开满鲜花的窗户

为什么花会开得那么好啊
那么鲜艳

红的、粉的、黄的……
一团团,一簇簇,瀑布般从窗口开到地上

开得没心没肺。没什么可说的
我也要入乡随俗

蹲在地上,张开笑脸,跟它们一起努力地开
开到败
也不怕

2013-3-11

在别处

对于自然中的诸多植物
我一无所知

这并不妨碍我对它们的喜爱
红色的果实,摔在前挡玻璃上

它因坠落而溅成一朵,好看的花
我因此成为一个摘花的人

无人分享的夏天,这树叫什么
瓜熟蒂落的生活又是什么。车轮缓缓向前

看到什么就是什么,树仍在继续掉果
它在空中是果实,落到我车上就是一朵小红花
似乎无所将来,无所将去

每天,从缀满红果的树林下进进出出
我仍然对自然中的诸多植物

热爱,并一无所知

2013-7-3

短暂的旅途

寂静弯曲的山路,被两旁的树荫
关注。下一秒,将呈现怎样的景致?
路边卖水果的农妇投来期盼的眼神,在我想象中
我应该与她并肩而坐,一起照看
大山的宁静

短暂的旅途,像农妇面前的
西瓜一样甜蜜多汁
夏日午后,惹人嫉妒的一刻却没有别人
其实我并不需要其他人

静静地,通过凝望来了解
山岚、麦田、玉米地,湛蓝的天空
多么难得!自然的赐予太多。故不舍得花掉
正午的光阴去做梦。我变成孩子
逃离小镇,被阳光晒得黝黑

——也很幸福
别人怎么想不敢说,但我相信
夏天的灵魂,一定会为我鼓掌

2013-7-3

这个时候在山间行走

爱上一条波浪起伏的浓荫道
只需瞬间。夏日,不想控制深入绿荫的加速度
只须感受自然的赠予

万物沉睡,心却被唤醒
透过树的间隙,随田野向后疾驰

烈日下,连农家院子里也看不到一个人
此刻的时间更名为寂静
此刻的地点更名为寂静
此刻的内心更名为寂静

寂静——在我喜欢的事物里
山野、树林、麦田、村庄、豆荚地、柚子林
偶尔晃过的路牌,还有对一条河流的
详细注解

如果你执意把这定义为挥霍
那好吧,我正在挥霍。七月的张关山对我说
请慢行,请欣赏,请忘却
请发现,请分类储藏……
我又有什么理由,错过并懊悔呢

这个时候在山间行走
阳光以更隐秘的方式，拍打我
蝉，保管了整座山的山歌，番茄地里的采摘
被枯玉米叶割伤
众多真实的存在，证明
这样随心活过，就再没有遗憾的事……

2013-7-30

一份精美的小礼品

签下你的名字和电话
或用其他人的名字和电话移花接木
写下即得到：咖啡杯或抽纸，还有一份
花园洋房的藏宝图

人们从未如此迫切，要写下自己的名字
没有谁说自己的字不好看
也没有谁羡慕别人的签名好看
好看、不好看都值一个价

咖啡杯最快被浪卷走
风浪因此越来越大，连名字和电话都变成泡沫
街头的旋涡中，排队的两个民工挺身
用他们有力的大手
稳住了失衡的遮阳伞

我仰头看了看
其实今天，没有阳光

2014-11-18

枇杷膏

"枇杷,蔷薇科,性平,味甘酸"——题记

不是蔷薇。虽然性平
但我小剂量的酸,仍可能招来苛责
一个完美主义者怎能允许自己
藏污纳垢,所以,来吧!

先去除染污的外衣。虫噬的印迹
恐惧、不安,都必须剔除于甜蜜生活之外
我不知晓未来的世界会是什么样子
也不愿意保留过去的晦暗

一种尽头是从一棵树起飞
一种起飞是从宽恕开始。宽恕是蜜糖
试着原谅应该原谅的每一个人
小火慢搅助推高潮

当一罐晶莹剔透的枇杷膏奉于人前
只有我知道自己曾经的酸涩和锈迹斑斑

2014-11-28

黑狗

黄昏的凉棚下，喂奶的黑狗
温顺了。它正用舌头表达着爱。一家子
一模一样的
凝固的子夜

它们不是宠物，也没名字
主人能给它们的，只是一道道菜名
比如黑狗的六个兄妹

对唯一幸存至今的黑狗而言，黎明不过是
一个个隐喻，阳光不一定能
照亮未卜之途

凶猛狂躁
不能解忧

每次胆怯又匆匆，不敢仔细打量
今天我终于在放大的照片上，看到了
黑狗的黑眼睛
茫然空淡的眼神，加深了黄昏的暮色

2014-11-28

喊

不知什么鸟在喊,从没听过的叫声
系围裙的女人
觉得是坏兆头

果然,鞭炮是这个清晨最坏的消息
底楼的老爷爷
走了。下次泊车时,再没人
坐在树下的藤椅里,喊——"可以了"

"可以了",六月的雨一直下个不停
"可以了",鸟声,也不甘示弱
在树梢、电线、雨棚间穿梭
湿漉漉地叫喊,又戏剧性地消失

世界仿佛还是熟悉又陌生的老样子
晨光微雨,潮润未减
做早饭的女人亦无可对话之人

2014-11-28

柠檬的提醒

月夜霜重，蜡梅喧嚣
忽然想念糖渍柠檬，浸至透明的
——妈妈的味道

从冰箱的最底层浮出水面，鹅黄
如花蕾包裹，我们都是独来独往的隐居者
宁静中，交换各自的雾霭
清静诸根

洗着切着，指尖忽觉锥心之痛
隐而不知的伤口，如狭隘的敌意顿现
柴米油盐里摸爬滚打，受伤，在所难免
浑然不知是常态，更是庇护

柠檬的提醒就是生活的提醒
没有哪一种力量比疼痛更诚实、可靠
没有哪一种力量比疼痛更让人觉醒

2014

代表作

窗台上种花。石榴花火红,开在夏天
百合花粉红渐变,开在春天
昙花静悄悄,开在夜里

铁树没开过花,多肉更是矜持。不开花也罢
最好笑的是橡皮树,宽大厚实强壮的
叶片,居然扛不过冬天

我没精心照料过它们
偶尔浇浇水,偶尔站在窗口瞥上两眼
为它们蒙上的灰尘
自责一下

这么多年了,从没遇到一朵或一枝
挺身而出,高喊:
"我就是整个春天的代表作"
没有,绝对没有。谁都知道

我是种着玩的,它们是开着玩的,谁都没太当真
2015

一些花开

色彩赋予的快乐,该感谢谁
我承认,没有你的时刻,都是坏时刻
哪怕只是
——一面之缘

我所知的极其有限。你的名字
年龄,信仰,民族,出生地,经历的风雨
你都闭口不谈

有人熟视无睹
有人驻足观望
我蹲下来,不是移花接木。蹲下来
我的满目疮痍,仿佛都弃暗投明

除此。对世界,我再没有什么可献出

2015

奶茶

我们碰杯,不欢庆什么
不纪念什么,更不预祝什么

我们只是让玻璃的心
——发出干净的低吟

又一个九年。两个孤独的杯子
碰在一起,能否减轻孤独的重量
2016 年 7 月 31 日

我们待在家里,包多种花样的
素饺,啃熟透的甜瓜,细嚼夏日的蝉鸣
呷一口
自制的阿萨姆奶茶

在寡淡无味的世界里,靠近
她十七我十八的海岸,"像一个梦游者
离开了他
全部的生活"[1]

2016-8-8

---

[1] 佩索阿语。

候车

被修改的一首诗,拯救了时间
——晚点,让 K814 在一本书中返青

小夫妻的争吵是既定生活的晓风残月
暂时着魔的喧哗,并不能把谁吞没

每个不可言说都在自己的森林里
不需安检的孤独放逸草地。阳光迎来送往

小站略显冷清。我们需要微微拥挤
微微用力,需要坐在远方或回家的希望中

一起将观察手册翻得发白,命运计算的
眷恋、告别与奔波,又一次随地动山摇而来

车票上写着同样的是:2016 年 9 月 15 日
车票上同样没有写的是:中秋节

上星期,也是这样,生活的流苏
拂过沙溪火车站,扶正四面八方张望的心

2016-9-29

刮痧

一刀，两刀，三刀。满背旌旗
也不是一个英勇的武将
你的苦即是我的苦，灵魂的救赎存在
任何人的梦中

刮掉悲观主义的外衣，刮掉浪漫主义的内衣
刮掉聪明，愚蠢，羞耻心。眼泪
是万丈深渊里的喝彩

没有什么比传统的自然疗法，更能显现
内在的粗鄙与堕落
良性的刺激立竿见影。必须继续

咬紧牙关
死心塌地暴露自己：由里及表，全部的乌黑
因为我所有凯旋的旌旗来自忏悔

2016-10-16

愿望

枕头上,那个皱巴巴的灵魂
是我,又不是我

决明子、荞麦、蚕沙……
是很好的养料,可入药可随意造型
随时配合颈椎的心情

我有好多的保健枕。但增生
如同年轻时的我,从不妥协。或许

每个独立的个体都有它
自己的愿望
下在头顶的叫雪,落在骨头里的叫刺

一生有好多的愿望,最后发现
空空如也,疗效甚佳
空空如也,不需要听话或运气

2016-10-17

维江路 99 号

"维江路 99 号"
写得最多的是在快递收货单上,其次
是作者的通联

这个门牌似乎显得比家庭住址
更为亲密可靠
写得越多,越不会遗忘

但它并不真正属于我
时间,小叶榕,黄桷树,成群的麻雀
和一些巨型的大吊车,抢占了

它的前庭与后院,封面与封底
笨拙地委身于生活,始终不敢忘记
手里还有一本

——借阅的诗集
它使草木生长,使花朵绽放

2017-3-6

垫江牡丹花

不一样的田野，三万亩红土地
不生长麦苗

多年以后，我仍在不断躬身蹲下去，信任它，追随它
拈花。微笑。一个诗人活命的粮食，化饥之谷

我们在同一个城市里隔山隔水
很多时候，我已经忘记上山的路径

而那天的风，褪下了我肩头的落叶
瓦解心底之核的，有时是太平红，有时是千层香

相信我老了，垫江的牡丹花还在开
水灵灵的洛神赋，一枝，一朵，一色的慷慨

窃美之人，以此为药

2017-3-6

背影

曾给我正面的拥抱、亲吻
喂养、教育、呵斥。不给我诗书画
音乐和舞蹈
9月24日，观音岩车站
她又给了我一个背影，微驼的、缓慢的

从前，长及膝盖的麻花辫，我没有抚摸过
现在，白发如雪，忽然覆满我思绪的山川

左手保温桶，装山药排骨汤
右手玻璃便当盒，装青菜、土豆和米饭
这个背影一刻也没停歇，从早到晚
一日三餐。之外——

到临江门附二院小坐，一起看雨
从天上落下来，有鸟飞过

保温桶和便当盒，空了
仿佛是为了某种平衡，三代人的心被填得
——满满的
再也塞不进，别的内忧外患

2017-4-19

丁酉夏,在"艺术板眼"[1]门前喝茶吹风

石头在这里,很容易找到
心动的
立锥之地

怀古的人,加上流水、石桥、长廊和柳枝
秦砖汉瓦的灵魂,一下子
组装完成

那些屋檐下消失的红灯笼也回来了

在"艺术板眼"门前,废轮胎
告别了黑,告别了奔驰的命运,以白色桌椅
静止的形式
——转世

我们坐在这里吹风
也吹浮起的茶沫。亭台楼阁,高山流水
都是古人用过的了
用过,可以接着再用的

---

[1] 艺术板眼为长寿古镇艺术培训工作室名、长寿版画院所在。

唯有乡愁
这一刻，我几乎要把古镇当作故乡
把"艺术板眼"当作
家的前院

呷，啜，品，饮，喝……
却始终测不出石栏下，小河陶醉的流速和深度
唯有时间，一板一眼，不管你是
轻狂之人，得意之人，还是伤心之人
身份无用

丁酉年夏
在长寿古镇文化一条街，寂静一隅
睡莲，寄居古意，我暂时甩掉了

文明的烟熏火燎

2017-7-19

长寿古镇

我从不看轻它的新
因为年轻,它还没有秘密
没有污垢、腐物,和深深的痛

怀旧的人在返古的途中
无论有没有小船驶过,水里有没有鱼儿欢畅
这都是一条
通达四海的河

一切俱足
牌坊、四合院、亭台楼阁、山水园林
都具备唐诗宋词的质地

跨进门槛儿,有打折的明喻
土特产的白描,茶叶与茶具的对偶
石板路中央,观光车、马车、自行车
——排比、歌行

不管哪里,旅游大巴和假期
都勇挑大梁。一个美好的时代,必定是
有声有色
有滋有味

远道而来的胃离开
行走的味蕾又回来

城隍庙、文庙、衙门、镖局
与庙会,这些历史的标本,散失的
都找回来了

县衙里的巨型原木长桌前,好适合
写一幅字:
"得一官不荣,失一官不辱"

明镜仍旧高悬,进出观光的人们
都面带幸福的桃花

——统统,没有冤情

2017-9-26

题小丰洞摩崖石刻

减去时间，117年的风吹草动
减去风化残缺的雨夜，沦陷的历史
减去悬崖下公路的狼烟
再减去几根水泥石柱，赤裸无修饰的支撑

剩下原装的信仰
在绝壁上，俯瞰龙溪河。警醒、守护
脚下，但渡人的秘密生活

一尺小径，通往孤独的救赎
我们分队而行，也难以承纳过多杂沓的
寓目旁观

危崖边悬荡，百年惊涛
浓缩版的丰都鬼城，盘踞于一面石壁之上
身后的判决，如云朵
飘散龙溪河

一条溪河边总有人静坐久待，有人抛出诱饵
生活的每个旋涡
似乎都欠我们一条新路

龙溪河畔，我的悄然落单，只是想看看

——白鹭
在青山绿水间
不可动摇的期待与信仰

2017-10-30

阳光照在龙溪河上
——兼致张文龙

阳光,穿过回龙寨高密的香樟林
我嗅到,一丝被唤醒的芳香

穿过香樟林,穿过滑湿的河滩
在但渡小丰洞摩崖石刻前,我们观摩
灵魂受苦的地方

我们说到生命,说到时间,雄心无用
它育养悲欢
却又不为任何人停留

不在这里,也不在张文龙那里
当我们面壁研读生死时
他正在送葬的队伍中,透支孤独
(我抱歉,午饭时才知晓)

一个身份,戛然而止
"这一点能够发生在任何人身上"
临绝壁,每个人都会有一套
自救的缝合术,将悲与喜、欢与忧
修补混织。安息!

安息是对冬日河滩的重新命名

溪流潺湲，不可逆转

丁酉年九月初九，重阳节的阳光
多么慷慨！山水、鸟鸣，多么明亮！
请宽宥我！

在这样庞大的光明里
竟找不到一个妥帖温暖的词语，去安慰
一个人的
万古愁肠

白鹭顾盼，山水间徜徉
仿佛有用不完的一生，它洒下的涟漪里
有古人留下的苍山暮色

回龙寨静立
——阳光照在龙溪河上

2017-10-30

菩提圣灯

晨光的路标,在菩提山顶
开车或坐火车经过,都会不由仰望

从明朝开始点燃的灯,要经多少人的手
去续接。每晚七点半准时

圣灯闪烁于夜空,馈赠全城遥望的星月
而每个人都会是一颗星星

每个人都有高不可攀的崖壁
都有自己的灵山蓬炬。达摩祖师来过

我们走的或许不是同一条上山的路
我们中间隔着许多新生的事物,不同时代的梦

不同的灯盏。而向上的攀登年复一年
荡涤心灵的波澜,不因一座寺庙、一个灯塔的

毁与建而停止。他离去,他留下
他看过的星星,我们再看一遍

仰望即长明

2017-11-13

在长寿北站

一如当年。这是离家或远方
最近的时刻

我以为那些少年梦
早已远去,谁知一转身,又坐回到
崭新宽敞的候车大厅

滚动屏上
没有我经年奔波的记录,只有通往
世界的擘画蓝图。等待属于
每一个有梦想的人

座椅的迁徙,一个挨一个
一个接一个,挨着昨天的风雨,今天的阳光
怀揣我
全部的诗兴与憧憬

多么好啊!进站出站,像灵感
绽放的样子

呜呜呜呜,哐当哐当
我喜欢那定制的波澜不惊,出其不意
从来没有一种颠簸令我

如此踏实

仿佛回到十八岁,独步心灵的旅行
又入花期。而呼啸的加速度
也拉长了渡舟[1],发展的生命线

我向将要来临的一切奉献诗篇
在这个春天的下午,独立于一号站台
黄线以内

万物复苏。列车
进站了!那么多瞬息万变的新潮热浪澎湃
迎接新的改变也是生活的常态

我爱:这日新月异
令人惊讶的生活的万花筒

2017-11-13

---

[1] 北站属于渡舟街道。

古今花海笔记

一部鲜花的历史,从带露珠的
扉页开始,从将军桥上的风铃开始
秋风弹奏,弹古又弹今
弹荷兰的百合花,弹中国的秋海棠

其实,我们错过了十里梨花
千亩油菜花。那有什么关系,我们已经
抱不过来了,弯腰,拥抱

我们抱出了浮云,抱出了朝露
抱出了火种,抱出了解药,抱出词不达意
抱出荣华富贵,还抱出了东汉时光里
马武将军的战袍

仿佛意犹未尽,湖水纳远山于怀
漫山遍野,哪一朵,才是我真实的锦绣

一口枯塘里,所有的凋谢自有深意
我看到不死的美,我确信
它们全部活着:乡愁。命运。清莲不染的心
今日,摆渡人间,只为来年
——呼吸的狂欢

2017-11-20

马武镇农耕文化展览馆

被历史淘汰的传统农具
在聚光灯下复活
木质的拙朴,带锈的技艺,已与生存
无关。农田变花海

手工的瓜田稻香,曾经的一亩春华秋实
从年长者口中偶然飘出
托板、吊筛、凿子、马凳……
原来不识的,今后也不必懂得。与墙上
一面巨型竹簸箕,拍照合影
好看是唯一的实用性

煤油灯、摆钟、缝纫机,驮着
往事而来,时光被盖上梦的标签
当我跨出门时发现,唯剩无漆的旧木门
还保留着农耕时代
日出而作,日落而息的

好习惯——吱嘎作响

2017-12-6

问荆

维江路 99 号,花坛里的一丛草
将自己伪装得不像草
——像松针,尖尖的提防

我知道你不是草,也知道你身旁紧挨的
是萼距花。我们常这样
静静对坐,开花,或者不开花

"溪上人家,为甚不种梅花?"的疑问
谁也不理,谁也不答

但在我眼里,你身上所有的绿
都是花朵。世间所有的来来去去都是天意的
——潜台词。我们在此,十数载
低头做事,抬头望天

我们有着生命的默契:
只要一点点清水,就卖命地绿

2017-12-22

查家湾

不是水流弯曲的地方
不是海岸向陆地凹入的地方,但是我停泊
又起航的地方

第一场风雪离乡背井。乡间
出其不意,规划了一个人的半生。十里银城
除了干打垒的石头,还有茂林的遐思
有麻雀点燃枝头的樱花

命运给予的一个词语,仿佛是命运的
不是我的。疏离的春夏秋冬,明月三千里
藏于水塔之下,藏于镜子岩对岸
参与一个地名成为历史的过程,恍惚仅是一转身
只闻余音。人越来越少,越来越老

老楼、老树、老路,老样子
仿佛一条内敛的溪河,仍在自顾流淌
它把留下的柴米油盐与炊烟,宠成了今天
回望者眼里,真正的奢侈品

仿佛没有一个空阳台等待着,被拆迁

2018-1-13

相遇二则

偶遇

黄昏的一次叙述里的病
想吃什么吃什么
太阳西沉。草丛中的无名小虫
唧唧

一声接一声
没有谎言

再遇

已转移——夏天和冬天太阳落山的位置
又一个黄昏的强颜欢笑

芥豆之微的阴云,重叠即暮色
谁都不要试图放弃,真枪实弹,生活的庸常
买菜、做饭、洗衣服

余生,不分男主外女主内
余生,不分男女

2018-4-9

冒水(两首)

竹子开花

竹子开花。哑巴,在地上写字
我想要的那盆兰花的价值,他想要的
——数字的荧光

在离城市很远的,群山环抱的农家小院中
交换美好。我看到的
生活,有时并不需要滔滔不绝

2018-4-10

哑巴

贫富,只隔着一个院坝
贫与富都那么安静,与四周的群山和松林的
寂静无声——和谐共振

它们各自坚守着
自己的祖国,像哑巴固执地守着
自己的土屋与千盆兰花

2018-4-17

黄昏里的一部电影

冈仁波齐
冈仁波齐

夕照中的诸峰
越来越深地沉入我们的灵魂

直到她的欢笑在高原无人的公路上
乘晚霞而飞。他和她的轮椅及我的地板的
无人区

沾满梦想的金光
仿佛我们用的是同一双翅膀，吞下的是
同一碗面条。这样生活是梦

而当他转身时，我们三个都变成了
独自一人。他陷在龙卷风的七十七个黄昏
天堂似乎
如理想可触摸

有一刹那，我想按下
暂停的人生
让夜色挤干生活所有伤感的想象
但孑然一身，内外交困

问荆
WEN JING

何尝不是人生的另一枚勋章

白雪与云朵是偶然活着，窗外的灯火通明
也是偶然活着
在命运的珠穆朗玛、昆仑和羌塘
继续做自己喜欢做的事
——拯救，自愈，相信即有路

冈仁波齐
冈仁波齐

2018-4-19

第三辑　给（2019—2022）

不确定的追寻
有时是惊喜，有时是虚无
而你和我，想要的，一条溪河全部会
——给予

无条件的幸福才是真幸福

——《漫步桃花溪》

整个江南都给你了

老街给你了,河滩给你了
种土豆的沙地给你了,作为背景的山峦也给你了
整个江南都给你了

把火烧得旺旺的,把山上的雪推进炉膛
我能想到的孤独就是隔岸观火
当钢铁拥抱虚无的江南
你遇见了不愿再回来结果的人
我遇见了布满星辰的大地。但我也可能眼花了

2019-1-13

茶事

西农花茶,特级,六个纸杯
加沸水。总有不慎,洒落在外的鱼尾纹
只要不锈钢茶盘酒足饭饱,我却不能
发个呆,走个神

老一套的轻手轻脚
端进去,不要管四脚朝天的悬河飞瀑
落花、流水、落叶、飞鸟
都是命运安排的东西

若爱,就爱那茶与花的心心相印
若爱,就爱那杯中氤氲的成人之美
若爱,就爱那茶盘里前呼后拥后的寂静

堪忍世界,对眼的事物不会太多
送出去的也再无来世。所以孤独、沉默和凝视
与我沾亲带故的
——这些我都要随身携带

2019-1-16

问荆
WEN JING

致那些消失的事物

它不叫沉默
它比沉默更沉默
所以你看不到它,杀气腾腾地到来
而我知道
世界上有许多隐姓埋名的人
也有婴儿强劲的"哇哇"被张冠李戴
除非迫不得已,我俩不谈派系
普通请求也会失去双腿
那就忆苦思甜,多开花、多结果
不糟蹋,但也不要像草,那么拼命
抛下手中的活计,打一个电话
用默默,自我燃烧——深谷
深谷里盛产大鲵的溪流停不下来
"汝不可杀生"
讲信用的老实人,在右边
——承认自己渺小
渺小的巅峰为何又如此高不可攀
唉!今天,爸爸的一只耳朵
听不见了

2019-1-31

漫步桃花溪

我写下：草木之心
心，就朝着桃花溪长出一片嫩芽

桃花溪在西边，两岸在不断修葺中
延长，我能抵达的地方
也更多

草坪是一种诗意，在此
每个人都愿意做一棵啜饮雨露的小草
匍匐在地

而阳光是敞开和逃逸的允诺
与自然相称的舒展，让桃花溪及溪边
漫步的人拥有迷人的金边

"扑通"入水的小石子，表达了
孩子的好奇。一些成年人的
好奇心
则更重些

他们把诱惑一再沉入水底
整个身心都缩进一个因沉没而生的
涟漪中

不确定的追寻
有时是惊喜,有时是虚无
而你和我,想要的,一条溪河全部会
——给予

无条件的幸福才是真幸福。镜头
深爱的时刻
白鹭轻轻,锦上又添花

        2019-3-6

康复科

漫长就在这里,时间
停下了脚步。10楼,怀揣一本人间书
一半如流水每日来去更迭
一半坐对明月。路过也并不比寄居
更轻盈
不得不来此的人,都是
无路可逃的人,在自己的峭壁上等待
黎明,日复一日
我看到的针眼都是挑破无明的
希望。被取代的面庞、群山、炊烟、青春少年
一辈子被取代的事物众多,有些能找回
有些找不回。我承认瞬间的胆怯
而留下的全是春天的倔强
逃出来,乘坐106环1,不过是再次回到
夜色里。大江依旧滚滚
晚上的云降落到地面
它们来收集,人间多余无用的露珠

2019-3-27

雀啄 [1]

一条需要治理的瀑布
耳后有深涧,眉间有支流,需要三五个
太阳,加起来
需要嘴角与话语,共用一根
带电的银针
人生有太多的不能主宰
哭或笑,一边哭
或一边笑。吹拉弹唱的灰烬
终是要铺给我一条路
被命运
雕琢过的诗,才带着炙热的温度

吹吧,弹吧,唱吧
顺从,忍耐
哪怕眼前是电闪雷鸣,也值得出生
因为只有人间才看得到
——另一种
轰轰烈烈

2019-5-17

---

[1] 中医艾灸的一种手法。

大白塔下

我们转动着。过去。现在
从飞鸟的手中
接过转经筒
再交给身后的白云

我们是来学习光风霁月的,不能
停下脚步。海水,推出一轮又一轮的新浪
有时按下暂停键是世人所向往的
但随后必须再追上去
不管是不是自己的节奏

蓝天下,只有你一动不动
一言不发
没有强烈的悲伤
也没有盛大的欢喜

——人云亦云

2019-8-29

无题

直爬梯没有因为它的直而伸入天空
货车的喘息没有因为它的重而滞留身后的街道
我又看到另一些人在岸边合掌
鱼儿再次回到流浪的日子
我们都祈望得到一颗糖,然后欢快地跑掉
这是一个很重要的时期
却没有人鼓励,没有人提醒,没有人监督
目光所及,四周都是墙壁,经年,不白的白
二十年成就一个货真价实的中年,同样的位置
再大的风浪都有一块礁石抵挡。二十年
我保持喝水的习惯,仿佛每一口都吞下一颗定心丸
有时,我喜欢有人来说话,像风吹过玉米地
呼啦啦的。有时我喜欢独处
像一张合影照,热热闹闹的沉默
并隐匿背面那些龙飞凤舞的名字

2020-1-2

关系

一颗龋齿，哦！不对，是两颗
大牙，大面积修饰后
俨然一个好人混迹于人群中
只有我知道它们的底细

所以十分小心。尽量不去惹它
并常用舌尖左右两侧，轻轻试探、安抚
维系我们之间的友好关系

我怕那些真实的假脱落
真的黑洞，会重新给我冷热锥心的
——再教育

而只有两颗完好真牙的父亲
没有这样的担忧

2020-1-10

黄昏时

隔着玻璃
我们用手指点江山
隔着玻璃的叩击有点狐假虎威
它不怕
我们也不怕
"咦,它怎么不飞走呢?"你惊奇
每天黄昏窗外都有不知名的小虫子飞来
两条触须
螺旋桨一样地转动
它想飞的时候才飞,飞离片刻又迅速
扑到玻璃上,它想进来
它想进来
"为什么它不怕?"像我
也没怕过

想回家的人,哪在乎山高水远
荆棘丛生

2020-4-10

最好的时候

都要经过长途跋涉

是有阴影,也有翅膀的时候
是不顾一切,不怕万千迢迢的时候
是盘山路上颠簸呕吐的时候
是翻围墙、爬火车窗回家的时候
是不知天高地厚,勇涉江水的时候
是在捍卫路、沙南街、查家湾的魔术里
做识途老马迷路的时候
是现在,平静地承认:
——我说谎了

一种无畏看起来美丽,做起来真难

2020-4-10

月亮

我们切断了空中的那根线
不是闪电

我们停止传送日子里的
晨曦或落日
任由秋风宠爱黄叶,这是自然之道

倚窗,并不曾看见嫦娥
也没见到玉兔。而今我们都无发髻可挽
银簪亦无用武之地

就这样光着吧
就这样白着吧

妈妈今天买下了一块墓地
很高兴的声音从电话那头传过来时
月亮无语,静悬夜空

2020-10-10

为一群鱼欢欣

有人买下虚拟语气中的鸟
而我们讨论的是鱼

所有的鱼都应回到活水中去
沉浮在波浪中的自由,无法模仿

有时是长江,有时是桃花溪
路程、天气、笑容,一切都是即兴

忍耐,必须经得起考验
鱼,竖起了耳朵,新的水泡,不再
咬紧牙关

一直有水为我们绿着
为一群鱼欢欣吧!不管以后,它们
是站,是跪,还是匍匐着

2021-2-2

好像我们都睡着了

当我说到百会穴时,她问我
耳前区的痛叫什么

除了痛,她还腿肿。仿佛岌岌可危的
关隘燃起烽火

树上的鸟鸣可以麻醉全身
但她不,她一点也不关心栏杆外的
浮云、落日和霞光

好像这些美景与她无关,但她
能说出我们出神时有谁来过,有谁离开

好像我们都睡着了,只有她醒着
健康地醒着,听起来像时间坏了一样

我来时正好是八月十五。天亮前
飞檐上端还挂着一轮明月,宁静而祥和
没有手术刀的闪电

2021-10-1

在步道上出神

在步道上出神,可以让一个人纯洁

恋旧的拾荒者
带着磨毛起球的心灵归来
每一步都今非昔比,每一眼如返老还童

新的光芒
如同过节

我确定,青石更换过脊骨
缆车里的人换了一批又一批,留在石壁上的人
仍扶老携幼,走南闯北

像遗忘,精准地找碴,回家的小巷
又多出几条岔口。我不断清点盛夏的库存
核对那些
消失了的云烟

慢慢穿行于平街,木楼已被光阴重塑
不变的是热气腾腾的生活。唯在此,我才敢
直截了当地索取

清风明月。若世上只剩最后

一盏灯，那一定是步道上的人间烟火
在从小跑到大的巷子里

我嗅到了时间的煤烟味，微微地呛人

2021-10-10

柠檬黄的浅唱低吟
——悼傅天琳老师

1
是您吗?霜降日,意外的晴朗
湛蓝,无云。意外地,让人不敢相信

阳光下的柠檬都是哽咽的柠檬
果园不是您笔下的温馨,而是酸涩
是缙云山的,北碚的,重庆的
——诗人的

我在最小最不起眼的枝头,仰望苍穹
秋阳,安静如果实
洁白的云朵被诗歌征用

我一直这样远远怯怯地
仰望着您。在同一座城市的人山人海中
不敢靠近。又很想靠近

谁不喜欢您的微笑啊
戴上可爱花冠的微笑,谦和,亲切,妈妈一样
傅妈妈,傅妈妈,当我们一想起您
缙云山的果园便全是开不败的花朵
——金玉良言

2
来日方长万事空

直到霜降日,我才后悔
期待着下一次,下一次,没有下一次了
柠檬黄了
满身泪涌

——柠檬黄的浅唱低吟
俯拾即是
每一个敬慕的怀想都是霜降日的孤品

但没想到,时间也是一个失败者
败于您无惧苦难的微笑
败于您回到三岁的天真

因为您,世间的柠檬孤苦无依
因为您,人间的果园满是海量的孤独
傅妈妈
傅妈妈

喊着——傅妈妈
如沐春风的爱仿佛才找到了源头

2021-10-31

注:有部分词句引自傅天琳诗歌。

奇妙的循环

一颗龋齿会让头跟着它一起痛哭
头会让眼球跟着它一起痛哭
眼球会让心跟着它们一起痛哭
它们不讲仁义礼智信
也不讲兄友弟恭——只怪

我活得粗枝大叶。它们痛得一丝不苟

2021-11-28

囤梦的黎明

"长中[1]，长中……"寒风中的
呼喊，让黎明提前穿破白雾
与时间擦边的人，消耗着这反复的召唤
翻身压制，徒劳无功

年轻人有年轻人的梦
我太孤单了，所以一把年纪，还怀揣
很多梦

智慧是梦
慈悲是梦
让时间的流水结一层薄薄的冰也是梦

没有比梦更真的冲刺
我想用一个梦祝福另一个梦，隆冬
不能阻止的

笃行逐梦。有梦的
一切终会成真，囤梦的黎明复归寂静
仿佛连司机也一并夺魁去了

2021-12-11

---

[1] 长寿中学简称。

写出桃花千万朵

水中的枯木
多像五花海里，觅食的
鳄鱼。在这里，所有的想象如鱼得水

我不用再去寻找，别的神话
不用翻山越岭。轻车熟道就坠入桃花溪的
——怀抱

每一双眼睛后面都有一片桃花林
有人间的爱，为你写出桃花千万朵
那流走的是桃花溪水，将临的还是桃花溪水
桃花偕溪缓行
我，过桥而来

俯一俯身，桃花
在我从未到达过的清澈中升华自己
每个人都需要这样的一次青春

突然炫目的绽放，不会令你
孤独。因为我日日夜夜，生活在你身边
——宁愿被人淡忘

2022-2-18

问荆 WEN JING

以桃花命名的地方

当我经过时什么也没发生

但以桃花命名的地方,一定有诗
有粉红,正在动身

背后是阳鹤山
前面是桃花溪

绛桃、垂枝桃、寿星桃、菊花桃、照手桃
绵延两岸十余千米
一开口,都是赤子之心
没有比桃花溪更好的读本了

这里遍布获取幸福的方法
有时是麻雀
有时是桃花
有时是我们称之为清新的看不见摸不着的东西

桃花,一旦种下
从此,不再远走高飞

而富有创造力的草木,令时间无意义
有时候待得太久,只剩下我

和被新桥替换的旧石墩
我们都有
用不完的沉默
我在洗衣石上发呆,它在水下压惊

我们安静,心却如桃花溪般
充满了热情。因为眼前的一切:阳光、溪流、草地、树林
大好河山上
生机勃勃的万物

都是我们眼里看得见的
美的信仰
2022-2-18

桃花溪所遇圆圈

有的圈太大,你一眼看不全
比如桃花溪岸的曲径。有的则清晰明了
比如桃花入水

走累了。停于岸边
我是半径上静止的圆点。桃花溪包含了
无数个我,无数的涟漪

轻轻推开,轻轻画弧
新柳自在,仿佛既无起点亦无终点

我在圆中观望,又在圆外行走
天行有常,周行不殆。行走就能把自己
变得更渺小

捍卫渺小
幸运的渺小者,站起来,圆心即是起点
踩着自己的阴影也可以走很远
——很远

2022-2-21

桃花树下

我有许多的信札要读
展开春天的草坪,桃红柳绿,各显神通
选择一棵树,选择它的孤寂与热烈
身残意坚
——像爱

有花蕊一定有蜜蜂,有花朵不一定有果实
重新爱一次,和永恒的缺陷
亲密相处
风,轻轻地翻动信纸

这注定是一次成功的奔赴
我拾起与陌生面孔对话的勇气,爱的能力
所有敞开的心扉都铺满阳光

万物都在发芽,包括黄昏与落日
包括一棵树
曾经弯腰与下跪的地方

——我从没后悔来到这里

2022-2-21

窗口上眺望桃花溪落日

不管拍多少次
这一次，仍是千载难逢

圆，有分明的线条
红，是纯正满足的神色

望着它
放大它

对焦模糊的世界
寻求彼此温暖清晰的心意

我不能理解的，夕阳都能理解
我不能消化的，桃花溪都能消化

时光的魔术——叹为观止
万物安宁祥和，幸福唾手可得

纵使陨落
也那么美

再没有什么好担心错失的了
天空总有起死回生的力量

吹散了一些，又带来一些
恍惚，是相同的一天

2022-3-11

走哪条路

有时候，我们会为选择哪条路
发问，为上坡下坡、人多人少、天晴下雨
小纠结

其实，晴天有晴天的路线
阴天有阴天的路线
暴雨后溪水猛涨，有看水的路线

不管走哪条路
都不超出桃花溪流经的范围。不管走哪条路
最后都回到舒园路 53 号

而今天的藤蔓，在一条漫无目的的路上
把我拽住，蜘蛛和牵牛的对峙
仿佛等我多时

这意外多出来的一条凝视之路
正是我迷恋的
黄昏的尾音。生命里

那些可能或不可能的路径同时存在
自投罗网。当我们爱

2022-5-12

到这里开花结果

隔着窗,体内的麦芽糖开始生长
雨,困不住眼睛。困不住一条溪河的
豆蔻年华

没有屋檐,身旁的树撑开巨大的绿伞
却只能遮蔽烈日,挡不住雨

谁没有过雨中的行走
谁没有过凉透心的瞬间

水面暴涨,也没啥好担心的
一级级的水电站能调控,一条河的
喜怒哀乐

无论雨从哪里来,到这里都是开花结果
一个人的灯盏飘过
世界的屋顶。如此渴望进入

不用耳朵的聆听
希望沿途:一无所获。这样
抵达桃花溪的路,会更短、更快一点

2022-5-16

纳豆

为了这门古老的技艺,请允许我回到秦汉
回到一颗豆子里,去重新坐胎,嬗变

允许我将温度搁至 45 摄氏度,不热不冷
最接近人间的悲欢离合

允许我挽高髻,露齿笑,看见爱的人就赶紧嫁了
允许我短衣长裤,井边用辘轳汲水,淘洗

酵母以自己的悟性得道,请允许我们
看透生死,披稻草,入瓮桶闭关

尔后代表一个盛世王朝,姓唐,或姓咸[1]
入海求仙,东渡传道,一颗豆子里春风化雨

只为拥抱更好的自己
一切取决于你是否能接受,我的臭美

2022-5-16

---

[1] 纳豆在国外曾被称为唐纳豆、咸纳豆。

清晨的树林是一种信仰

清晨的树林是一种信仰。它具有
煽动性的存在，本意是忘我

先蓄好清新之气，再搬运到
我这里。在自然中，我们常常呈现一种
溺水的造型

在这里，只有极少数的声音我能分辨
比如蝉，比如流水

众多无法涉足的音域，和各种形状的树叶
折射的光，显然是一部
——自由的伸懒腰的哲学

不为人类解答什么，但从生到死
自身的局限性与冒险性，暗示：希望

希望，在林中闪着光
仰天的那一刻
带露的新芽模仿了我闭目疯长的样子

2022-7-19

假如一棵树为你指错了方向

假如一棵树为你指错了方向
别怪它。它只是一棵树

没人指引也是人生的一部分,你要学会
自己看日出日落,月亮星辰

学会辨认欺骗性的季风
假笑的灌木,敷衍你的藤蔓。不是每棵树
都循规蹈矩,都有发现引领它的贵人

假如一棵树为我指错了方向
我会庆幸是树不是人,我会更加崇拜敬畏
——大自然

因为它让我认识了森林蕴含的深意
错误使世界变得更大,可能的路更多

2022-7-24

自然的安排

初夏的每一片叶子都穿着最好的衣服
而经过的人,只有我看到了

特意挑出一片叶子,用目光追随
但风来时,叶子迷失在叶子中,失去踪影
没有什么东西能真正守得住

不管那么多,继续观看吧!
发呆也是有益的,面对树林,什么都不想

直到一只黑蚂蚁从树端,毫无偏差地
落到身上咬痛了我。它咬破皮肤
原来是为了让我透透气

有时候,自然的安排就那么自然
——贴心

2022-8-4

今日立秋

我还隐居在夏日里,而秋已到
我的无觉,缘于落叶每日都铺满地面

尽管如此,树林根本没有一丝愁容
它们向季节鞠躬,仅仅是鞠躬而已

高原的云朵更新了城市的天空
你来得越早,秋天离你越近

感受远胜你眼睛看到的,这就是自然
人类为它们赋名,而名字的内在是它们本身

我和你的来去不能改变什么,像迎面的她
提前谢场,并未导致一场夏天的舞会结束

该跳的舞还在跳,该流的汗还在流
秋天自己会来,不需要我们特别为它做什么

就像这首诗,读完就读完了

2022-8-7

生死书

茂密的树看起来很富有
中年，极需这样的能量补给

绿叶仿佛已是精神基因的一部分
它们随风轻摆，将生活分为真实和不真实

与树站在同一个真实里，树荫显得那么不真实
虚妄又无助。出院归家，阳台上的花草晒死大半

生存虽不易，但万物均有对半胜出的概率
死就死罢，我还有树可观可赏

病房外的树和阳台正对的树，不是同一种树
但它们都熬过酷暑长夏，活过来了

端详它们的是完整的一个我：半死半生
半饥半饱，半寒半暖

每个人都手握自己的人生配方，而我一有机会
就去观看树，凝视是复活的最佳良方

在一种难以安慰的生活中

2022—9—5

为何她百看不厌

南征北战十几年
丈夫变太守,失散的夫妻终以
绣花布鞋相认。乱世里的生离死别
以一个老母亲喜欢的唱腔
从戏曲频道再现

真好!他们有亲手缝制的凭证
我从文字中不时抬起头

"蜡烛烧灭了""悲剧"
母亲叹惜道
相认即是最后一面,悲剧的结局
令人沮丧

为何她百看不厌

2022-9-6

八月的旅行

雨,骑着摩托车旅行去了
天空忘记关火
嘉陵江便一直炖着
咕嘟
咕嘟
咕嘟

谁能关火?
我不能。我擅长的是沉默和观看的旅行
在住院部
走廊的窗口眺望

我没看到因干涸而浮出水面的石刻佛像
只看到南滨路的楼房
吻一朵云就像随手翻阅展会手册
那么简单

"叮",身后微波炉的抱歉
将片刻安暇收回

旅行是自足的东西。我没有办法告诉你
夏天的指纹

消失时

一路保佑我们的神灵去了哪里

2022-9-23

它们不像我

那些树叶看起来如此相似，如同孪生
但它们并不是你看到的那样

每天的变化只有自己知晓，它们不像我
没有进步，一直在重复自己，重复自己的妥协
委屈和退让。但我们都是真实的

一棵树的真实，能为自然的创作带来
点石成金的喜悦。不一定完美

但对一棵树而言，残缺、虫眼
不过像一封分手信，青春仍是生命中
一次绝美的搭讪

如果我是树叶，我会不会害怕那些虫眼
我无法回答，因为我不是树叶

但我可以确定的是：它们不像我
真的不像我
它们，一次也没有失败过

2022-10-9

幽静的平台

这就是我要的:
被阳光包围,被十余棵开花的桂花树包围
好!怎一个好字了得

再加一个字,便真的显得多余
像一个人
坐在石桌石凳旁,桂花树下
再多一个人,仿佛都是对平台的幽静之美使绊子
只适合,让一个人坐在这里

坐在自己带的小板凳上
让两张石桌、八条长凳空着
让阳光把条石身体里所有的诊疗室都空出来

让细小的苔藓
成为照片,2022 年 10 月 15 日,下午三点
一只八哥徘徊台沿:我真的孤独吗?

无人回答,但我明白:这是孤独的最佳时刻
喝茶、看小说、吃小零食
抄袭桂花香

2022-10-15

没有一棵是安分之树

充满神秘,树林却从未向我揭示谜底
我的身体里是否也有树的一部分

不压抑地寻找光
那是它们成就自己的方式

不太笨的那些枝条总会挤出层林
做成自己。不像我,总是很小心的样子

树或许是我的一种补偿。它们看到的
人类的痛苦或悲伤,它们没有

它们幸运地随心所愿展现自己
没有忐忑。所以眼前,没有一棵是安分之树

它们都有暴富的梦想,我们因此而读到
浩瀚与时间。百闻不如一见

2022-10-29

这还不够

糖浆让人破戒,它像钥匙
打开了我身上所有的锁。这还不够

当糖浆在广阔的田野里徜徉
空瓶缓缓闭上眼睛,像收藏着一切
——甜的回忆

我们都在努力,以余生安慰
多事的秋天,琐碎而没有信仰的小世界

我受害于一种自以为是的意志
对自己的误解,像一种看天的风湿病
随时发作

我手握的空瓶,不是
双关语。空瓶是座右铭,需要继续信持
因为咽喉是疼痛已经看见过的东西

这还不够,这还不够

2022-11-18

第四辑 解（系列诗）

不用打听明清的墙，南宋的殿宇
是否原装。一口古井中央，硬币堆积出
今人，闪亮试探的空虚

我，悄然退出了围观
灵魂的酣醉，必须静寂无声，将自己调到
静音，才可与之——珠联璧合

——《词解东林寺》

人生若只如初见

一、刘倩

经过努力，找到了一些同学
被称为"小猫"的女孩，如今是另一个
"小猫"的妈妈。隔着空间的距离，我们重逢
内心的海，涌动起来
你说自己长胖了，语调一如从前……温柔
我的胖瘦没多少变化
也只是老了，虚度的光阴越攒越多

二、姜伟

拉萨，下了雨也不湿脚
有阳光，也下着雨。你说生活所迫
习惯了比四川好。漂泊在外，怕的就是不习惯
我敲键盘的手指——拼命点头
说起 1994 年到映秀，我记忆里灿若桃花的两日
你居然记不清了。你感叹
总是记着一些不好的事，有些忧郁
我想那是因为，岁月让你长大了
你的家乡映秀湾已然不在
那年河滩上的风铃草，却仍在我记忆中摇响

三、李红

江上，一只独飞的鸟
执着地寻找一片温暖的树林，从万源到绵阳
她暂时停下来，在租住的枝叶上凭望
被房主涨价，随意驱逐，骑自行车上班
在四轮滚滚中飞驰……破自己的纪录
QQ 空间里，所有的日志、诗词、歌曲，都叫作绝唱
她说心如水说淡定。在纷纭的人世，讨生活
我们都要一忍再忍。她还要继续飞
因为她，喜欢把"李红"写成"李鸿"
把情诗的作者，署名：江鸟

四、梁红、梁莉

两姊妹，多让人羡慕
没有一个人被遗忘在寝室、教室、校园的
黑暗角落的时刻。有手臂可以挽，多让人羡慕
有衣服可以换着穿，喜悦悲伤可以对半分
一起挤火车一起回家
左手和右手，可以无比温柔地
捧起生活的笑脸——多好啊！

五、何磊

新疆大汉,不是维吾尔族大汉
皮肤在风雨阳光中
锻造过,声音低沉如喀什的风
微笑里有一首诗的奇迹
哎,我能说什么呢,看在新疆那么美的分上
原谅你一次,不准再喊
同学的外号了哦

六、王中益

我们叫你王姐。讨论毕业旅行时
众人热情高涨,最后只有我俩成行
火车上被人摸包,去秦始皇陵的中巴
一直停在欺骗的停车场,途中我们勇敢地反抗
以明智的主动妥协告终。我们终是看到了
不可一世者的皇陵,看到了无字碑
跟我在学校图书室借的画报上的一模一样
那次旅行之后到现在,我们再没见过面
但你的笑靥和酒窝,我一直保存着

七、周江

老班长,稳重的大哥哥

你还在控制饮食减轻体重吗？成功了吗？
不成功也没关系，正好是记忆中的样子
感谢你——带给我们难得的同学聚会
还有贴心的新疆特色的小礼物，一人一份
我贪心啊，选了两个，却把最重要的纪念章
落下了，仿佛遗失的青春岁月

八、赵志敏

学习的楷模。学妹稚气地喊"赵姐姐"的
声音，不知怎么就烙了下来
三苏祠，我几乎没有印象了（有机会期待重游）
眉山的羊肉汤，香气犹在。现在我不再吃
羊肉汤了，但还是好想再去一次眉山
再看看你——扑闪扑闪的大眼睛

九、何媛

我好羡慕你，有百灵鸟一样甜美的
歌声。你喜爱邓丽君的歌
也只有你，配得上那么纯情的旋律
我不记得有没有为台上的你
献过花，但我可以肯定，在心里已然献上了
一束真心的花

十、找到的和失散的……

不能再一一写下去了,再写
天就该下雨了。我亲爱的同学,除了山高路远
我们中间还隔着数十年光阴
杳无音信,有时候也是一种人生状态
你们的名字在我手心,在毕业照的背面
我们共有的是一所学校、三年光阴
怀念的……同一些事物
沙南街:寂静而又温暖的冬夜,红薯飘香

十一、班主任

请原谅,我想不起您的名字了
但我记得,您很高、很年轻,和有些
忧郁的表情。出于某种尊重,您基本不与女生
打交道。却常常与男生们喝酒、聊天
称兄道弟,在一群不谙世事的大男孩面前
释放生活的辛酸
不留痕迹地……消磨余生

十二、寝室

最初的寝室是教室隔出的一半
没有单独的洗手间,看了恐怖片的晚上

我们要约好结伴去外面上洗手间
没有我爱的阳台，屋里常常被十个姐妹的呼吸
和瓜果香占满。悬在半空的床
模拟下铺的翻身、梦呓。桌上的茶杯
满了又空了。课间仓促，遗漏的一滴咖啡渍
静静地，成为这间屋子最迷你的涟漪

我不知道，你们知不知道

十三、我的大学

我曾想，退休以后，去读老年大学
不再上课看小说、睡觉、写诗
不再跟英语老师说："I'm sorry！"
好好学习，珍惜身边的每一个人，喜欢我也好
不喜欢我也好，我都要对他们很好
跟他们成为真正的兄弟姐妹

当我们老了，白发爬满双鬓时
是否还会有人问："为什么来了这里？"
我猜想，上一世，我们就是兄弟姐妹
所以今生我们重逢在了这里：
重庆，沙坪坝，沙南街，永远的
——93用电

2008-11-21
2009-11-24 改

我只是千山万壑禅意的一瞥
——武陵山大裂谷采风记

1. 序曲

你，一定不知道
我是如何按住整个上午，一腔的
——情不自禁

你，一定不知道
午后四个多小时不停歇地行走
只为找寻，一个最清静的退隐之词

一草一木，一笔一画，全是命运的呼唤
八月，给我一份非凡之美

你，一定不知道

2. 入画

我们曾怀疑是否来得太晚了些

但多么庆幸，武陵山
此起彼伏的秘密，比露水更有耐心

远古的一次微醉,已成不朽
而这道地球上最古老的"伤痕",今天以前
仿佛从未使用过。我们有点受宠若惊
如一棵幸运草

哦!是的,在这里
——草,被授予崇高平等的地位
没有等级,没有野、没有杂、没有荒之分
也只有在这里
凝视的奖赏远大于徜徉

山径是上天入地的秘籍
峰峦回转的入口,一棵树有着怎样超凡的说服力
唯有它,享有独立石阶中央的特权
日子,永远在路上

这是我,想要的生活

3. 山行

有时候我们走着走着,便脱离了人群
走成一心一意的倾倒与折服

骄阳下的行走,如步刀刃
然而谁也不曾后退半步,直觉告诉我
与千变万化的奇迹

仅
一步之遥

烈日下，这些温和的绿一旦分娩
便是汹涌的绿、连绵的绿、自作主张的绿
我愿意这样，被绿大面积地恩宠
低矮的匍匐
仍是我，最高的信仰

随缘行善的云朵，请跟紧我
庇护我——以风的翅膀，以蝴蝶的初衷
以白头偕老的口吻

在步伐反复的轮回中
一个个的我，我们，在层峦叠嶂的当下
——提前走出了一个奇迹

4. 谷底

竟然没有一个人要求：下一场雨
身后，轻度烧伤的脚印，有另一只比翼之鸟
——拓片

我们克制住说话的欲望
练习，用倾斜的花瓣交流，竭力与群山中
一草一木的静默——匹配

过了天门洞的索桥，一级一级台阶
向下
向下
向下

索桥的颤抖，不一定先于我们抵达
断崖的内心

……到达谷底时，山谷
删除了部分阳光
它动用风，动用树荫，动用回声
甚至动用男扮女装：一个反串的赞美，给我们山歌
茅顶木屋旁，更炽热的一次演出

欢乐谷、忘忧谷、情人谷……想要的
一切，全部，所有
每分钟，不停地给、给、给

原来，这便是虚怀若谷的谜底

5. 地缝

——哦！清凉！沁凉！

此时：8月20日16:10

此地:青天峡地缝
众人的鉴赏水平前所未有地一致

"我看到了",自然的悲悯之心
咫尺峡壁、幽谧沟谷间,小光线与清风
两小无猜

人生的沟壑也像这样——全是美
该多好啊!嵌在伤口里的小喘息,上下左右
生长愈合,呈全方位的可能

栈道高悬,藤蔓和彩蝶飞越了
时空的深涧,面对每道裂缝里的奇迹
所历的千难万险都不值一提

溶蚀的是石头,不能溶蚀的是想象的灵魂

一尺青天如彼岸
1.5千米乾坤,饲养我们频频的心动。绝壁上
不断滴落的水珠,让鬼斧神工
继续
拔节

看似静止的一切,其实与我们一样
永远步履不停

6. 禅音

恍惚,可以一直这样走下去
——顺着,峰回路转的石质时代
——顺着,时光投映于一线天

阴河,孕育出
乌江画廊的禅韵梵音。而难除的狭隘与碰壁
教会我们,如何谦逊地,收紧胸腹
穿过去

穿过长长的,凉风习习的时空隧道
世外的尘埃扑面而来。冰火两重天,我仍要向
这鬼斧神工的
4A 级的永恒——鞠躬

错过了出口取照片的地方,那又怎样?
把另一个我,留给隐逸的青天峡,没有什么
舍不得

我只是千山万壑禅意的一瞥
从此,各赴前程
从此,世界允许我,有山峦、有河流
有裂痕
也有洞天

2016-8-24

在慈云寺

一

曲径通幽。一个人步行前往
如果不是江上的船鸣和南滨路的
阳光提醒,我几乎
——就要走进唐朝

"青狮白象锁大江"
向一个传说靠近,春天明媚的阳光
似乎也步步生莲

路,是最好的引路人
石阶弯曲、狭长、陡峭,但并不妨碍
整座狮子山超凡脱俗

第一次前往,我,没有迷路

二

在燃灯古佛前
我放下包,也丢了刀剑和身上所有的
冷兵器。匍匐在地即是柳暗花明

我一下子变得谦恭
拜了佛,拜了菩萨,拜了护法神
开法会的僧众。站在院中,读地藏经的
小义工,都拜一拜

向草尖的露水拜
向没有根除的痛苦拜,向生的乐趣拜
向称心如意拜,向念念不忘拜
向没有什么好失去的拜,不为根尘所拘
众生欢喜

来了,就拜一拜

三

我头上的发髻
被树下,搓灯芯的老尼,误以为
是道家子弟。她问我答,她说我听
"知苦离苦,人身难得"

我什么也不说,什么也不懂
只觉得心在开花,参照莲花的模样
凉风拂柳,真安静啊!
宁静和清澈在这里统一了口径

可我这凡俗之人,看花还是花

四

丁酉年甲辰月庚午日
慈云依山而布

容我,今日之步,踏上唐朝的月台
时光里,有仿造的偏旁

水面漂着的烛灯是莲花,莲花是引路的灯
小红鱼浮出水面
自在安逸

与江边万物,独坐一炉香
心怀感激。人生如江水,起起落落,有幸

我住长江边
佛也住在长江边

2017-4-20

远芳（组诗）

春上

十里柔情。即使荒坡、埂边
野生的油菜，花，也有太阳的光芒

田野的文献中，偷生亦可敬佩
许我丢下杂念，一门心思，萌芽开花

一枝向天，一枝倒映
仿若星辰欲燃。桃花溪畔，预言跳上了桃枝
你，不必再等风来揭晓

轮回的秘密和一个个葱茏的芳名
转世。一夜一夜，天使带着沙沙的捷报降临
我们又上路了

深吸一口，青草和雨露
混合的春酿。万物纷纷怀抱桃花的热忱

"姐姐，天堂的桃花，是不是
也有五瓣，离生的美啊"

春山

仿佛知己知彼。对一下子
来临的茂盛,我们保持惯常的平静

风雨四处溜达。离画廊越来越近时
蓓蕾,安营扎寨

花儿是春天的注脚。桃花溪畔
撒下微澜,如同时间撒下往事的秀色

再没有人酣睡。田野敞开了胸怀
把故乡夸到极致,才作罢

我想写一封信,老生常谈,春山如笑
把蛰伏和被踩踏的秘密留给自己

写夕照,不辞辛劳,翻耕灵魂的腐质土
穿过春天辟邪的花蕊,去纸上兑现

另一种出巡的乡愁。看!繁荣遍野,美字当头
我们怎能枉费这命里桃花

用柳条试探风,用风试探桃花溪水
减衣,濯足,春心荡漾。我真怕带坏了你

春草

选择一条路
如果有田野、山峦、溪流的陪伴
再远也近。所有的你我他合在一起，便构成了
三月，胸有成竹的美景

酢浆草、虎尾草、高羊茅、狗牙草
不可阻遏，哪怕只是一招半式
有夜雨附和，不经意的浩荡，都在明处
谁上紧了明媚的发条

连影子都能起死回生
春风暖，池水皱，尘埃世事松开了紧蹙的
眉头。一切又将重新开始

一个人，在春天踱步，在江南打水
轻描淡写，做一棵忘忧的草

春茶

如酒。有瘾。有粮食的精神
炭火的智商
和时间的对答如流

三五克，即获上帝之感

问荆

容我不讲分寸,把我扔在哪里都无妨
眼前:静水流深

新芽,隔着万水千山。拿起与放下间
摆脱物质缧绁之手,被大觉寺茶室里的枯枝
紧握。迟暮之美——滚烫

野花与林鸟,晨钟与暮鼓
自得即乾坤,其余的一切都无所谓。包括这一盏
究竟,是不是春茶

反正,一泡春暖花开
二泡春满人间,再续一注光阴,三起三落后
一根白发谈笑风生,坦然遁入夜露的
——隐居
多么安静的脱胎换骨

2012-9-6
2018-2-28 改

词解东林寺（组诗）

山门

我们到来以前
山门是直译的空门，石阶之上洞开
如空中楼阁。我的俗眼
既可仰望一时，也可仰望一世

恭请美女们先行，整衣，抚门
回眸一笑
人间的镜头万马奔腾

而右侧石壁上的千手观音，像沉默的
偏旁，耐心等待着
去拨亮灵魂的万家灯火

人群鱼贯而入后，山门
又恢复到之前的空寂，落在最后的你
如果还想，做点别的什么

石刻观音像前
一排蒲团的空额，可以挥霍

地衣

登峰，造极
台阶是凡人必借之物

这进入宋朝的路标，光有浓荫还不够
还需要一路蜀绣的光阴

湿滑的考验。一步一步。藓书难懂
匍匐，其实都是没有根的

隐花植物，那么细，那么小，却让人分心
并时时提防着，提前意外的跪拜

头顶绿荫，地上绿苔，满布的绿让我掩不住
喜悦，仿佛走完这条沉睡的必经之路

一切都会如莲绽放

观自在

必须忏悔，牛仔裤上的破洞太多[1]
必须忏悔，来来去去，累世的无功而返

---

[1] 事先不知要前往东林寺，穿了一条破洞牛仔裤。

被人间的大风吹得东倒西歪时
在此，点燃烛火
心里的殿堂一下子就明亮了

一揖礼拜。就一揖，心，便卸了妆
杞人，下落不明

没人知道那一天，是空的，也是圆满的
几乎每一秒都是心经的注释

寂静

在这里，阒寂
是可以独立运用的最小单位

一万八千平方米的寂静，争先恐后
而我们都是
两手空空，无备而来

不用打听明清的墙，南宋的殿宇
是否原装。一口古井中央，硬币堆积出
今人，闪亮试探的空虚

我，悄然退出了围观
灵魂的酣醉，必须静寂无声，将自己调到
静音，才可与之——珠联璧合

我信愿恳切，正努力靠近你
靠近你

差一点点就要
成为你了，杨柳枝上晶莹剔透的
甘露
一滴

石碑

旧事。咬字深刻
说别人的功德，一块不够
那就四块

人间沧桑，在分秒之间
被画龙点睛。为了证实一种有意义的存在
谦卑地立于道旁

与岁月换心，经过的眼睛
凭此可以展开翅膀
归去来兮。词语裹着一身风雪

有鸟鸣，一闪而过
忽略了传说，就窥不到古刹的内心
可我突然发现：

石碑不是四块,而是七块

原来,风起云涌后的
残编断简
是水泥框用心良苦的修补缝合,最终
没有错漏一个字

我不禁肃然起敬:
在这里,万物不打妄语

东林寺

东林寺仿佛是时间的一片叶子
挂在枝头八百多年。终于等来一滴本性的
露珠。一弹指的流连
号出身体内晨钟暮鼓的脉

是需要花点时间,赋予朝圣一种深度
从天王殿开始,但牌匾上,超常规的大篆
击退我,一念骄傲,又让我骄傲
唯汉语独擅其美。不认识也没关系
所幸一旁有老僧如一部词典
方便你查阅、细究

人间的浩劫不值赘述
经过明万历年、清咸丰年的月光,两次修复

焚香与跪拜，得以完好无损地
从历史中出土

有人说到"空门"一词时
恰好弥勒菩萨，用承前启后的笑传授
有容乃大的衣钵

哦！功德箱永远那么镇定
波澜不惊。我却远没有想象的淡泊，摸索着
塞进去，夹杂世俗祈愿的随喜
把自性和清净，一瞬间
原封不动，退还给了大雄宝殿

丁酉年，5月23日
明镜台的绝句里，尘埃落定

2017-6-22

渝怀随想（组诗）

（一）我没有如愿坐上火车

首发列车从龙头寺开出去了
长寿、涪陵、黔江、酉阳、秀山
那该是些山清水秀的地方。我在其中的一站
朝思暮想，那一长串席卷而来的
葱茏新绿

现在，回家两个字
可以简化为干脆的两笔。即使穿山越岭
也是一气呵成，但今天我没有如愿
坐上火车
这不是我的错

看着慢慢转动的车轮，我多希望
就是那张今夜 22 点 45 分的车票，被人小心地
捏着，带上火车，带出重庆
小雨急驰的秋夜

2006-11-6

（二）新路

可以坐火车回家了。今天
我就去看沙溪火车站
再看看,到过秀山的火车,怎样挟乌江的
云雨,武陵的魂魄,直捣我
思念的胸膛

然而,沙石暗算了
到火车站的新路。我流连于火车站
两里以外,像一个痴情的村姑
——等待

在秋日阳光下。我不怕等待
生命中值得拥有的,呼啸而过的
甜蜜时光

2006-11-8

（三）一路平安

我终是要坐上火车的
那张,重庆至秀山的火车时刻表
摆在桌上。我天天看着它,并且我将
按照它的旨意
开始我,有节律的后半生

碾碎，被诬蔑的夜色
边疆上撒欢的蹄音，很容易让我冲动
让我管不住
那些甜蜜的野心

我要在站台上浪漫吻别
我要与爱人深情相拥。所有
喜悦悲情的泪水，会被站台的夜色稀释
亲爱的，请别担心
在夜里，我也会一路平安

2006-11-9

雨水辞(五首)

从雨水里长出

从雨水里长出一朵小伞,两串迟归的足印
从雨水里长出回家的路,万家灯火,安宁的夜色

初雨带来的兴奋已消失,背上的画筒小心收藏着
明天的彩虹。大雨把我们变成其中的一滴

一滴,也能继承滂沱澎湃之力
从雨水里长出聆听大海波涛声的母亲和孩子

2009-3-26

杏儿

树枝上停着一只鸟,贪食的喙,站在起跑线上
雨来了。我喊:停止。不能让雨水淋湿了,不能弯曲
不能坠落……还有多久才能离开枝头?

我们喜欢熟透的甜,但雨,渴望一种远游的生活
而不在乎,我们的世界戛然而止

2008-6-12

一滴雨也不下

水杯太小,茶叶的清凉不能疗愈七窍生烟的大地
红色预警的八月,雨,仿佛梗死在一朵云彩里
水稻的相思开裂,两条大江也于事无补,雷打不动
炮弹打,万物坚决要做一次欢呼雀跃的落汤鸡

2006-8-8

自责

雨后的微风令花朵微颤,还是原先的花朵
除了水珠还有虫噬的残迹。美追上了丑
丑会重新追上美吗?怎样才能弥补没有回头路的路
一枝,一朵,一片的拜访,我愿意这样
隐蔽起来,在花叶的阴影里,不为人知

2008-6-13

下雨天

多数时候,我不喜欢下雨天
但是雨水配上桃花溪就另当别论了

2020-12-22

2018年"无话可说"里的日常

1
在这里,开窗吹风是个事儿

2
想去桃花溪贩卖灯光。假装一切都安静了
盖碗透明,小瓷杯洁白
茶香,案牍劳作

——雨,可以停止挖洞了吗?

3
今天元宵节。烟花,去读戒律
拨开沙子挑知足心

4
一个人不去桃花溪

雨把黄昏招来的人都涂抹掉了
雨,喜欢一个人独居

5
带着昨天的盒饭开始今天的征程
不痛不痒。无求不宜作诗

6
对自由的空气,无法执法
让我们也自由地——蹩脚下去

7
分担快乐和痛苦是内在的攀登
长堤,因陌生而美好

8
月亮悬在杨梅枝上
如果圆不是十五便是十六。如果弯,内心深处
也不会有酸涩的潮汐。本色出演
——演下去,把自己拉回到自己的身边
"再累也要静静卖萌"

9
正想做一件事情时,没有了网络
"不巧"在身体里打结
"不巧"是运气的绝食表演

10

忽然觉得自己无用了
那就与寂静合谋演一场好戏

11

听不到雨声,有点愧对桃花溪
看不到涟漪则是酒囊饭袋,虽然诗歌的风头很足

12

爬到菩提山顶,便可与天齐寿
而到定慧寺,便可见时间的桑树从旧脸盆中破茧
它的根在人间广结善缘
越老越喜欢青苔的母语

13

守株待兔的时间从不空放
今天,锦口绣心受训去了。最美唐诗来办事
来聊,今天的天

14

你抓都抓不住……
碗、碟、盘的治国宝典。水,知难而进
庸常的一种美,闯关夺隘,化险不夷

15
观景台上的青冈树种子落了,木地板上
有的籽,已开始发芽。捡回守口如瓶的小快乐
最后一片绿色
紧接着又要上班了

16
葡萄糖水扶我坐下。一只蜘蛛
一只蚂蚁、一只蟑螂,各自逛山听讲座

17
真实的距离感,解释了平易的高贵
灵气,也要留下口碑

18
徒费心力的篇章是暂时不能入药的补药
海阔天空,鱼龙混杂
拆迁的田野,犀利地抄袭了幻想

19
生于斯,长于斯,游于斯
才能有乡愁。坐下来的旅行,面窗听风
凿井得己心

20
一粒种子以美为食
从不转发涨价信息，透支信誉，也没歪门邪道
所以天公作美，让春天生擒活捉了你

21
肌肤的井口没有月亮暗访
水，被一只桶调研，这是大师的遗著

22
可不可以为昨晚的梦挂失？
想重新查一遍余额。天堂是个好地方吗

23
铭记是来做兼职的。叶簇的长相、神态都相似
所以，当阳光照耀
我误以为我们是一个字辈的

24
选茶的季节，在梗和黄叶中养活自己
八十四岁，她有三个孩儿
多幸福！四海为家的茶的胎盘

2018-12-31

再见三月

1
白鹭贴着水面掠过
一面绿镜,照出美人未遭磨损的美

2
垂钓者的爱情不是落花流水

3
只能和自己交朋友。河滩上
一只孤独的黑狗追散了悠闲寻食的一群黑鸡

4
孤独是一项零碎活。突然接到的业务
再小,也要认真完成

5
——惊蛰了
照片、文字与声音,统统报恩于桃花溪

6
草坪是一味解药,花朵负责降伏女人

7
虫子苏醒,小草发芽
我沉默的直视是一只昆虫的葬礼

8
好睡眠,不给我演戏的时间

9
立不起来的耳朵装病。仿佛
瘪轮胎的狂欢节

10
小芳茶楼、银苑服装店、小面馆……
走在拆迁完的维江路上,我常常,在脑海里
随意复建

11
野菊花,不是为枸杞和茶而生的
它有自己的弯月

12
解忧就是扶老携幼常常来做事的义工

13
铁路罐区探伤,人员撤离
雨夜,我希望——没有一条焊缝有伤

14
下雨天,高处作业的安全帽下
抒情的诗歌要谨防滑跌

15
幸福得腐朽,黑夜的身上才长出了
深情的毒蘑菇

16
莲花是孤独的。群居也不例外
我从未成功拯救一顿煮着沉船的火锅

17
阳光照进来,却照不进心里
早餐,好早啊!

18
同一面镜子中的星星，犯同样
璀璨的愁

19
豆腐蘑菇在平底锅里搭帐篷，每一次露营
都让人期待

20
小小的芥蒂，只有人类才能闻到的味道

21
对不起，春天
我手上的梅枝，还没学会——拉小提琴

22
遗失的事物没有我孤独。它们因
我的进食而永存

23
再见三月！请允许我用你，给四月
——一个惊喜

2021-3-9

极短诗选

写下名字

孤独的工具
磨了又磨
——我们一起闻鸡起舞

幸福

我总是私底下,批评
这里应该栽一棵树
这里应该有一条林间小路
这里阳光太猛,这里需要一点安静的阴影

阴天

你指着我的衣领念叨:青青子衿
青,到底是什么颜色?
比如?

没有比如

问荆
WEN JING

敲门

我们不羡慕别人,我们羡慕我们自己
远方
唾手可得

朝花

我从没看见过月光
打开它的蕊

少小离家。我,不在你心上

人生极地

要像银杏一样
最风光、最受欢迎地陨落

繁衍

一只彩虹布的吊床
让一棵香樟树和一棵苦楝树成了
父亲和母亲

她悄悄跟我说

好像现在谁都可以写诗
我说是的。没有任何营养的花边消息
天天都有

——像我,现在,这样

表演

树,从不表演
但枯木逢春,是它演得
最像的一次

职业

唯一的遗憾是桃花溪上
没有小木船
——悠悠划过

饥饿

只有宁静的树林
能让我体内的宁静兴奋得手舞足蹈

渝长高速

爬了好多年的张关、铁山
好多年
不爬张关和铁山了

安慰

用阳光做背景妙极了
整个人有光,仿佛整片天空都是你的靠山
只是你不知道而已

灵魂

沉默是长,寂静是宽,孤独是高
你算算
这套福利房有多大

艾灸罐

仿佛它们的一生
从没走过
——冤枉路,也没有一段痛苦、糊涂
挣扎流血流泪的日子

不孤独的树

完全由你决定
如何才能不被人看轻、鄙视,踩在
脚下

绿,是一个好主意

护卫

桃花开了
千脚虫满地爬

剧情节选

和树林在一起,它们是冥想的粮仓
和鸟鸣在一起,像丢失的爱女入梦来
和孤独在一起,灵魂,自食其力

活着

雨,要下就斩钉截铁地下
现在,可乘风破浪
未来,我们同样会得到一枚善果:一尘不染

后半生的职业

睡眠,切割成一段一段
做梦,也要像诗一样分行

回忆

通往故乡的路,我要用多少光阴去笼络
绿皮火车
——启动,就要去远方了

我爱,这永不消失的行业

微风

酢浆草的美永远在现场
在桃花溪边,它区别于水的痒或寂寞

如果你忘了我

盐渍竹笋,漂在清水中
澄静、淘洗,再澄静,再淘洗
发呆与仰望,保证了惊喜的肥沃
一旦你把它看作——盐渍竹笋